AV

PETER ROSEGGER

ZITHER UND HACKBRETT

Eine Auswahl aus dem lyrischen Schaffen

L. STAACKMANN VERLAG KG · MÜNCHEN

Eine Gemeinschaftsausgabe von L. Staackmann Verlag KG · München
und Österreichischer Agrarverlag, Wien

Gesamtherstellung: Wiener Verlag, Himberg bei Wien
ISBN 3-88675-037-X

Inhalt

Vorwort

Diese kleine Auswahl aus den lyrischen Arbeiten Peter Roseggers wurde nach seinem ersten 1869 im Grazer Verlag Josef Pock erschienenen Buch »Zither und Hackbrett« benannt. Nur ein Teil unserer Auswahl ist diesem Gedichtband in obersteirischer Mundart entnommen. Andere Stücke folgten in späteren Auflagen, wurden gelegentlich in die Zeitschrift »Der Heimgarten« aufgenommen oder fanden sich sonst zerstreut in Roseggers umfangreichem Gesamtwerk.

Von seinen Lesern wurde und wird auch heute Peter Rosegger vor allem als Erzähler geschätzt und geliebt. Man freut sich der Ursprünglichkeit und Wärme seiner Sprache, die niemals den Quellgrund der Mundart, des eigentlich Muttersprachlichen verkennen läßt. Für den Waldbauernsohn war ja bis in die ersten Jahre seines dritten Lebensjahrzehntes die Mundart das ausschließliche Sprachmilieu im Hören, Reden, Singen – bei Fröhlichkeit und Ernst, für jede Gemütsregung und Stimmung, bei allem geselligen Beisammensein. Das Hochdeutsche blieb der Sonntagspredigt und den wenigen Schulstunden vorbehalten. Aber auch diese Ausnahmegelegenheiten waren kräftig im Dialekt eingefärbt, keineswegs einer ledernen Schriftsprache nach vorgetragen, auch die Worte des Pfarrers und Lehrers nicht. Erst der Weg nach Graz des damals schon 22jährigen Schneidergesellen und die Schulzeit an der »Akademie für Handel und Industrie« brachte das Erlernen und die Einübung in die Schriftsprache. Allerdings geschah dies schnell. Aus dem Schreiber der mundartlichen Gedichte und Geschichten wurde in kürzester Zeit der Verfasser erster hochsprachlicher Bücher, der späteren »Waldheimatgeschichten«, von »Volksleben in Steiermark«, »Die Älpler« u. a. Zahlreiche Briefe aus dieser Studentenzeit sind uns erhalten geblieben. Sie geben nicht das geringste Anzeichen sprachlicher Unsicherheit mehr.

Zu schreiben hatte Peter Rosegger schon sehr früh begonnen als Waldbauernkind und in den Jünglingsjahren als Lehrling des wandernden Störschneiders Ignaz Orthofer auf jenen 67 Bauernhöfen der Waldheimat, über die er selbst Buch führte und denen er den bunten Grundstock seiner reichen Motivwelt aus dem ernsten und fröhlichen Landleben verdankte. Er verfaßte Kalendergeschichten, spaßige Gedichte und Liedchen, Schwänke und auch allerhand Gelehrsames für eine handgeschriebene Zeitschrift, die er unter den Burschen und Mädchen seiner Heimatgemeinde Alpl abzusetzen hoffte. Als Roseggers Kinder zu einem festlichen Geburtstag dem Vater eine gebundene Ausgabe dieser Schreibereien der Frühzeit zum Geschenk machten, vermerkte er launisch, daß es dem damaligen schlechten Geschäftsgang zu verdanken sei, daß sie erhalten geblieben wären. Wie sollte es auch anders sein: alle diese Zeugnisse eines ersten Anfangs sind Mundartverse oder auch hochgestochene Gedanken voll Feierlichkeit und Besserwisserei, meist in schauderhafter Rechtschreibung.

Dennoch erkannt zu haben, welche Begabung in der noch ungefügen Schreibweise dieses »Naturtalentes« stecke (so drückte sich sein Entdecker aus), ist dem damaligen Redakteur der Zeitung »Tagespost« Dr. Adalbert Svoboda zu verdanken, eines Pragers, der seine ersten Publikationen in tschechischer Sprache verfaßt hatte. Ein anderer wahrer Freund und Helfer wurde dem noch unbeholfenen Sohn des Waldlandes der Dichter Robert Hamerling, der aus dem recht unübersichtlichen Wust von Jugendarbeiten, vielen ersten Entwürfen und Unfertigem für die erste als Buch gedruckte Ausgabe von Gedichten in obersteirischer Mundart die beratende Auswahl traf. Das Geleitwort, das er dem Büchlein »Zither und Hackbrett« mitgab, verweist darauf, wie sehr ihn, den schwer erkrankten Gymnasiallehrer im Ruhestand, den antiken Welten hoher Dichtung hingegeben, in Roseggers Mundartgedichten der Widerschein der eigenen niederösterreichischen Dorfkindheit berührt hatte. »Es ist undenkbar, daß nicht jeder Leser auf Lieder stoße, die ihm zu den frischesten und lieblichsten Blüten volkstümlicher Alpenlandpoesie zu gehören scheinen. Wer aufmerksamer liest, wird in den meist heiteren Klängen auch ein ernsteres, innigeres, tiefer angelegtes Dichtergemüt nicht verkennen.«

Gewiß ist Rosegger vor allem ein Erzähler. Im Grunde ist er es auch in seinen lyrischen Arbeiten, die er selbst mehr als Beiwerk einschätzte. So fiel eben an und ab zu den Romanen und Geschichten auch Gereimtes in Mundart und Hochsprache an. Wir haben daher in diese Auswahl einige Stücke aus dem nicht sehr umfangreichen Bestand an schriftsprachlichen Gedichten (aus den gesammelten Werken, Band 9, »Mein Lied«) aufgenommen. Einige dieser Verse wurden vertont und sind zu gerne gesungenen Volksliedern geworden, besonders »Meine Lust ist Leben«. Eben in diesen unseren Jahren hat sich eine Grazer Gruppe junger Musiker instrumental und vokal einige Rosegger-Texte für ihre musikalische Gestaltung zu eigen gemacht: Ein Freund ging nach Amerika, Was ich aus Trutz vollbracht u. a. Das eine und andere Gedicht Roseggers ist in den österreichischen Alpenländern lebendige Volksüberlieferung geblieben. Es wird gerne bei den verschiedensten Formen geselligen Zusammenseins vorgesprochen, szenisch dargestellt oder nacherzählt. Die Mundart ist ja gesprochenes Wort, erst in zweiter Linie der stillen Lektüre zugehörig, obwohl sicher viele Leser ihre Freude im Nachempfinden des Reichtums und der Farbigkeit einer wahren »Muttersprache« erleben.

Seit langen Jahrzehnten sind Roseggers Gedichte »in beiden Sprachen« vergriffen. Es ist Zeit, sie wieder greifbar zu machen. Wir haben darauf verzichtet, ein sogenanntes Glossar oder Idiotikon für die nicht gleich allgemein verständlichen Worte beizufügen. Nur vereinzelt gibt es für echte Rätsel, die das Steirische aufgibt, zum schnelleren Lesen einen Klammerausdruck. Lassen Sie, geneigter Leser, auch wenn Sie manchmal einen versteckten Wortsinn nicht erkennen sollten, sich lieber von der farbigen Sprachmelodie im breiten Fluß ihrer Klangfülle und vom Erfindungsreichtum der Bilder mitnehmen. Bei seinen Vortragsreisen im ganzen damaligen Deutschland und in der österreichisch-ungarischen Donaumonarchie hat Rosegger selbst seine Heimatmundart gesprochen – wenn auch in einer ein wenig dem Verständnis der Zuhörer angepaßten Form. Der liebevollen Aufnahme und der Zustimmung im Einklang von Sprechen und Hören konnte er sicher sein. Es wird seinen Versen auch heute nicht anders ergehen.

Hubert Lendl

Mei Hoamatland,
Was da hon ich,
Dir gib ich.

Peter Rosegger

Grüaß Gott!

Do bin ih, ees Leutl, ih woaß nit, wiar ih dron bin,
Ih möcht gern wos redn und ih trau mih nit recht;
Ih hon wos aufn Herzn, däs geit ma ka Rua nit,
Und ollaweil druckts, daß ihs ausbeuteln möcht.
Na gelts, meini Leutl, ees hobts mas nit für Übel,
Won ih eina kroch gleih und nit onklöpfeln tua,
s kimt freili wul grobbart aussa, däs woaß ih,
Oba moan tat ihs guat und ih denk, des wa gmua.
Meini Londsleut, de kenan mih eh und vastehn mih,
Won ih red oda still bin, und ih ken se ah,
A Gmüat hobn de Leut as wia d Vögerl in Lüftn,
Und aufrichti gsogt, a worms Herzerl hobns ah.
Wer ma s Türl gleih aufmocht zan: Grüaß dih Gott, Bruada!
Jo mei, von dem gfreuts mih; bin a lustiga Bua.
An Edlweiß bring ih scha mit auf mein Hüatl,
Und leicht gor a Kuhlröserl ah noh dazua.
A wenk singn, a wenk blosn, a wenk zithernschlogn kon ih,
A wenk Gschichtln dazähln, wias is und wias wa;
Und hanti kon ih dreischaun wia da Pforra — däs kon ih;
Und siah ih a schöns Dirndl: a wenk bussln kon ih ah.
Und gfoll ih enk so, wia mih Gott amol gebn hot,
So bleibn ma banond, und mir keman schon aus;
Und gfoll ih enk nit, na so wölln ma nit harb sein,
So schleich ih mih mäuserlstill aussi von Haus:
Schleich mi aussi und hatsch um a Häuserle weiter,
Und setz mih go draußn in Wold auf an Stoan;
Und wölln ma scha d Leut mein Gsong nit recht onhörn,
Sa moch ihs wia d Vögerl und sing mir alloan.

Der Olmpeterl

Stoansteirisch

Lusti singa, Buabn,
Mir singa stoansteirisch,
Oda Zithern schlogn,
So schlogn ma stoansteirisch,
Oda tonz mar oans,
So tonz ma stoansteirisch,
Recht schön stoansteirisch umareibn.

Auf da Kegelbohn,
Do sein ma stoansteirisch,
Auf n Eisschiaßplotz
Scha wiada stoansteirisch;
Won ma s Dirndl liabn,
So liabn ma s stoansteirisch,
Schiaßn stoansteirisch ah auf d Scheibn.

Ollaweil stoansteirisch,
Ollaweil boanbäurisch,
Gibts a Weinl z liapern,
Trink ma stoansteirisch,
Will da Feind ins Lond,
So zoagn ma s stoansteirisch,
Daß ma stoansteirisch wölln bleibn.

Da steirischi Bua

Und s Büabl von steirischn Landl,
Däs gibt da ka Rost und ka Rua,
Und wer nit recht tonzn und raffn kon,
Der is ka steirischa Bua!

Und s Büabl von steirischn Landl,
Däs traut sih auf d Höch in da Frua;
Und wer bis um siemi in Federn steckt,
Der is ka steirischa Bua!

Und s Büabl von steirischn Landl,
Haut topfa fürs Vodalond zua;
Und wer sih in Feind nit vor d Nosn traut,
Der is ka steirischa Bua!

Und s Büabl von steirischn Landl,
Däs prohlt sih nit – drum is hiazt gmua;
Sist kuntn d Leut glabn, ih war selba,
Bigott, leicht ka steirischa Bua.

Mei Voda

I

Mitn Vodan hebts an. – Mei Voda und Muada!
Ba den is a Jauchza, wan er de Nam sogt,
Ba den a Gebet und ban drittn a Seufza.
Mei Voda und Muada! Wia älta daß d wirst und
Wia meh daß d daführst und wie tiafa daß d gspürst, Mensch,
Umsa herzliga klingts, wanst sogst: Voda und Muada. –
Z valossn seins leicht, wans dih jungaheit fuatziacht,
D Muada woant still und da Voda sogt: Brav bleib!
Und wanst af däs Woan und däs Wort nit vagißt, Bua,
Da wirds dar, ih kon da s vasprechn, dein Segn sein. –
Oba nau, wia die jungen Leut holt amol sein scha,
Ma derfs ea nit aufmessen schwar, se vastehns nit!
Daß s woan, moanst, und Lehrn gebn, in Eltern ea Gschäft wars,
Und deins wa, vasteht sih, daß d eahna nit fulgn tats,
Weils d selba ols z gscheid bist, du blitzduma Bua, du! –
So fledrazt in d Fremd und dei Schutzengel zidert. –
Wul viel, häufts viel konst lernen in da Fremd draußt,
Und s besti, daß d Voda und Muada lernst gern hobn.
Z valossn seins leicht, oba z findn seins hort, woaßt
Und eppa, wanst hoamkimst, die steirischn Forbn findst:
Schneeweiß auf ean Haupt, oder grean auf ean Wosa. –
s war überoll guat und dahoam, hoaßts, am bestn.
Jo, Weiber und Kiner und Freund kon ma gnua hobn,
Und is s, daß ma gach oans valuist, kon mas nochbstelln,
Nur Voda und Muada host oanmal und neama.
– Däs woaß ih so eh, sogst. Na, wissn leicht freilih,
Oba denkn nit dron, ehvo doß nit z spot is,
Wiar ih nit hon denkt, bis ih ahgsodn hoamkim.
Ih will da s dazähln, wans d ma zualost, as schodt nix,
Wan selm, wo sih gfarlichi Weg toaln, zan Woldsteig

Und Hoamgong a hülzerani Hond weist.
Hon gmoant, wiar ih aussa bin gstiegn aus der Ormuat in Woldlond,
Wia schön, daß s müad sein in a Gegnd, wo d Leut hisch wos wissn
Und kinen und hobn – s müad a besseri Welt sein.
Do hots dar oan ongschmiert! Ober ih sog, a Schond is s,
Daß d Leut in da Welt mit olln Reichtum und Glehrtsein
Ka Welt kinen zsombringa, de sih kunst messn
Mit der, wias in Bauernbuam sein ungwoschnan Köpfl,
Däs nit amol kampelt is gscheit, sa prächti, schon dosteht! –
Probiers, geh na aussi und geh da den Übamuat onschaun,
Du wirst as akrat sogn: s is nit viel dahinta.
Wer wos woaß, blaht sih auf wiar a sockvula Wind, so,
Und gstott daß er deamüati suachad wiar a Blinda
Mitn Steckn in da Welt draußt und deamüati frogad
In Bam, wia da der wochst, in Baurn, wos dan der sogt,
Weil da Gscheitast, wias hoaßt, noh von Kind wos kon lerna,
Jo gstott da dem frißt er sih ein ins Papier, in die Büacha,
Wos ondri gfressn hobn kuit er, wos onderi gmoant hobn,
– A Moanung is frei – däs nimt er für gwiß on,
Und spintasiert weiter in Büacheln und schreibt ausn oltn
A neugs zsom. Und daß er an ondern, der n epper ins Gschäft pfuscht,
Höllgifti in d Hor fohrt, däs ghört so zan Hondwerch. –
Wer nix woaß und woaß, daß er nix woaß, woaß mehr
As wia der, der s nit woaß, daß er nix woaß.

Wiar orm, betlorm daß da Mensch is, der reich is
Und ollaweil reicha, na reicha noh wern will,
Däs hat sih da Holtabua ah nit kin denkn.
Uh, Holbnorr, wia hoch willst dann auffi? Bis Ziffern zan End gehn?
Dabormst ma, du Hascha, host dei Leppa ka Rost und Rua nit.

Mit an sechsspanin Wogn konst n nochjogn, dein Wunschziel;
Däs foppt dih, fliagt munta voraus wiar a Vögerl, und oft frei
Sa nohad, daß d moanst, mit da Hond kunst as fonga;
Ih wett dar a haubnvulli Nussn, s fliagt weita.
Bedenks na, gstott Federn hots Ziffern am Bidlin.
De wern da nit müad und wans gleih durch d Ewigkeit hinfliagn.
Zan dawischn is s nit, s müad na sein, as vafluigad
Sih gach in a Gruabn – hiazt spring noch, hiazt dafongst as.
Mitn Schaufelstiel mochn mar an Strich unta d Rechnung,
Und Null va Null habt sih.
Und der, der wos kon, sult ma moan, müad a größeri Seel hobn,
A zortari, schönari, wia ma scha d Engerla moln tuat.
Jo freilih, sie is so schnurgrod von ihrn Gottschöpfer hegflogn,
Und den hots as ohglernt, wia mar aus nix wos kon mochn.
Und klewer is s do, sa schickt ihr da Bös an Kamerodn,
Der schmeichelnd und holsand und busselnd in Kronz ihr von Kopf stiehlt.
Er schreibt sih der Ehrgeiz, und d Eitelkeit, de tuatn kuppeln,
Und hot de guat Seel dena z gfolln ihr Soch ausgspielt,
Sa bricht ers Vasprechn, der Ehrgeiz, und ziacht sih,
Und d Vettl, die ongstunkn Eitelkeit bleibt ba da Seel zruck. –
Wos Wind waht und Leut redn, däs därf dih nit irrführn,
Schau, heint drahts dih herzua und morgn drahts dih hinton,
Umsa geringa daß d bist, umsa höher wirst aufghebt,
Und fliagst wiar a Federl im Wind, he sa wird däs a Gschrei sein:
Schauts na, Leut, schauts an, wia hoch daß er obn is!
Host ober a Gwicht, sa bleibst aufn Erdbodn
Wiar da Stoan auf da Stroßn, niads Wognrod, däs druckt dih,
Niads Roß wird – paß auf – dron sei Hufeisn wetzn.
Mitn Homa wern s keman und wern dih schön kloan schlogn
Zan an Schoder auf der Stroßn – daß d ah für wos nutz bist.

Und wan s dih aft zbluit hobn und zstompfst hobn, bis d Staub bist,
Da wird dih da Wind wieda hebn üba d Hoad hin,
Aft konst nix und bist nix – und guat is s. –
So kimts, wer sih richt't nochn Wind und n Leutn.
Und wer nur aufs Heint denkt, der derf sih nit wundern,
Wans Morgn nit auf eahm denkt. Und wer heint auf morgen denkt,
Muaß s leidn, wan s n heint ban Mittogmohl vagessen.
s is Rodlauf und Kotlauf, is Weltlauf und Geldlauf;
Du müadst wul a Norr sein, wanst dih liaßt foppn.
Wans dih schmachn, is s a Schond, wans dih lobn is s ka Ehr nit,
Und wan s dih umtonzn, umnebeln mit Weihrauch,
Sa schau dih guat on, tua dih hint und vorn onschaun,
Obs d nit auf oa Seitn an Götznbild gleichschaust. –
Und a so, wias ba den is, so is s in olln Stuckn,
Wia gscheita daß sein d Leut, wia wenka gehts Gernhobn.
Und derfst as wul denkn, wanst ollaweil obnauf
In d Stubn hoazt, daß s untasih nit leicht wird worm wern.
Daß nit eppa moan sults, ih wult wos vatuschn, sa sog ih,
In Wold ba die Baurn, daß schon ah nit olls guat is.
Wiar oft hot da Hiasl in Jogl ban Kuahondl ongschmiert,
In Jogl hots gfreut, weil er gmoant, daß ern Hiasl hät dron kriagt,
Wia oft wern die Dirndln nit ongsetzt! s is schlecht däs,
Oba wan mas in Rua loßt, sa wern s so vadriaßlih.
Und daß intaschussn recht grafft wird in Wirtshaus,
Und gor oana totgschlogn amol, däs loß ih so geltn.
Ober oaner is noh kan Ormee – ees wißts, wiar ihs moan däs!
Ih sog halt a so und mih zimt, ih wir recht hobn:
Da Gscheiti, der braucht sein Vastond nit zan Bravsein,
Do sah er an Norrn gleich. Und da Mächtigi, moan ih,
Der hot, müad mih grob irrn, sei Gwolt nit zan Guatsein.

Woaßt, s Guatsein is grod a rechts Gschäftl fürn letzn:
Schon olls muaß ma nutzn und wertn, an jader
Is selba sei Nächster, und d Welt, wan ma kon, muaß ma
gniassn,
Und däs, daß ihs recht sog, is s neug Evangeli.
s wa jo nit schlecht, s Evangeli, müads lüagn, wan ih sogad,
Daß s schlecht wa; go guat is s, wers recht nimmt und gscheit is
Oba schauts, grod die Sölchtn, de s go sa fest holtn,
De wern da z erst granti und zwida, se bindn
Die longweili Wurscht, de d Welt eahner is, mit an Strick oh;
Oda mochn wiar a Buachdrucka gor mit an kloan Kügerl Blei
An schön Schlußpunkt und — punktum!
A Schneid hobn zan Sterbn, wans sein muaß, is nit zan
verochtn,
Ober a Schneid hobn zan Lebn is jo doh noh viel schöna,
As hoaßt doh, daß s Totsein weit leichta wias Lebn wa. —
Derawegn, ih sogs grod aus, gfollt ma da Baur in da Hinter,
Er hot nix wia Müasol, und woaß, daß s mit eahm ba den
bleibn wird.
Er hot in sein Gmüat olli Ängstn und Sorgn, wiar an ondrer;
A Lug is s, a broadi, wans hoaßt, so an Baurn tat
A Herzload holt long nit sa weh as wiar an Gstudiertn.
Oba trogn hot ers glernt, leichta legn hot ers glernt,
Und daweil da Gstudirti sei Seel recht spinnerlfeind auszoast,
Daß s so wul recht wehleidi sein kon und afli,
Daweil schaut da Baur, daß er fest wird und stork wird;
Und gstott, daß ers überoll aussa tat henkn,
Sei Herz, wiar a Schild, as hät ers noch Auswohl
Z vakaufn, z vatauschn — vasteckt ers und wickelts
Schön fest in an Ledafleck ein und schiabts hintern Brustlotz.
Wers braucht, der wirds findn, und an onderer brauchts ah nit
zwissn. —
Und wan ih däs olls so betrocht und vagleich und schön ohmeß
As wia selm da Baurnbua ban Bäcknstond d Semeln,

Eh daß er oani kaft und in Sock steckt, der Klachel!
Sa kimts ma holt für: Ih muaß zruck zu mein Woldlebn.
— So geh, sogt ma d Welt, konst so gehn, as wird dih neamt holtn.
Ih möchts ah koan rotn! sog ih, und hiaz: Welt, pfiat dih Gott schön!
Wans is, daß d den Nom, in Gottsnom, noh vatrogn konst,
Und nit gor a Kreuz schlogst, wias Betschwestern mochn,
Wans gach, wias schan is oft, s Wort Teufel hört nena!
Resanir nit a Weil! schreit ma d Welt und wird gifti,
Und ih sog: Mei Liabi, däs hon ih va dir glernt. —
Na, na, ormi Welt, schau, ih moans jo nit schlecht und
Ih kon auf neamt harb sein. Du bist holt, wias d sein konst
Ih hoff mas, du wochst dih noh aus auf wos bessers. ——
Auf oamaol is s still, nar in Ohrwascheln klingts ma.
Aufn Berg, wo ih steh, liegt da guldani Sunschein,
Und wo sih in Tiafn die Welt weit hot hinbroadt,
Do liegt wiar a Mir, däs koan End hot, da finsteri Nebel. —
Von Tanenwoldwipfeln her waht a frisch Lüfterl,
Und ih moch an Jauchzer an helln, daß sih d Vögerla schreckn,
Aft wend ih mih still und schön deamüati hoamzua,
Und geh zu mein Vodan.

II

Wiar ih streich durchn Wold und glücklih bin, daß er noh dosteht,
Do denk ih: wia long is dan her, daß mar ollzwen sein jung gwest!
Und wia selm durch seini jungen und hellgreanan Astla
Hot d Sun gscheint, daß olls na gleih glitznt und funkazt,
A so, auf a gleichs hot a d Sun durch mei Seel gscheint.
Und hiaz sein ma groß und an iada schaut finster,
A Seltnheit, daß wo a Sunstrohlerl durchzuckt.
A jungs Schöckl Baurnbuam begegnt ma; s wa gscheita,

Wan oaner alloan wa, do liaß sih wos redn doh;
Oaner is a Mensch, mehra seins Leut, und viel seins scha Vieha.
Sa spottn s mih aus und wia dan der Stodtschnagl herkam?
A Glück, daß die Bama nit wacheln, sist kuntn da Wind hebn,
Aus a kolta Gegnd müad er sein, da Herr Stadtbua, da nobli,
Weil er Wintafensta hät auf da Nosn, mittn in Suma. —
Und wias holt in Übamuat wartln, de Saggra!
Wan ihs gsogt hät selm, wos ih ma denkt in da Ghoam hon,
Se hätn mih auszohlt, hons kent, hätn Schneid gehobt!
Ih roat ma: Hiatzt gscheit sein! Und geh aufn Gspoas ein,
Und wia sie s dafohrn, daß ih grod so wia se red,
Und a Maul hon a grobs, däs eahnan nix nochgibt,
Do wern ma guat Freund mitnaond und kreuzlusti;
Bluatjung bin ih gach und hiazt hebt an neugs Lebn on.
»He, saggerwold, Buabn! Wen heint wos nit recht is,
Den nim ih sei Mentsch wek!« Se lochn und oana
Moant gschwind drauf, as warn wos nit recht heint,
Ih sult eahms na weknehma, s Mentsch, er war froh, wan ers wekbracht.
»Wer a so redt, den loßt mas!« schreit an ondrer drein, »oba
Wan er oani hobn will, da Stodtschnagl, ih hon a zwoa Stuck.«
Und wia mar in Gspoas sein in bestn und ollahand treibn noh,
Do frog ih nochn Woldbarn-Lenz — a so hoaßt mei Voda —
Se hobn mih nit kent — leicht kunt ma oana sogn, wias n gangad.
»In Woldbarn-Lenz frogst noch«, sogt oaner, »in betenden Lenzl?
Hon ghört, den wa gestern sei Weib gstorbn.« — Da Gspoaß hot an End ghobt.—
Aufn Berg steht s Haus und d Obendröt funkelt in Fenstan.
Bis ih auffi kim, is s zwischn Liachtn. Mir dograzt
Mei Herz und ban Ongazauntor bin ih stehn bliebn.
Ih trau mih nit eini, ih fürcht mih, s kunt wohr sein,
Wos ehnta die Buabn in eahn Übamuat gsogt hobn.

Da geht er schon aussa ba da Tür und her übern Onger,
Er is s wiar ers war – oba größer is er nit worn.
D Händ voron übern zsomknöpftn Rock aufanond glegt,
In Kopf mitn Huat a kloans wenk auf d Seitn noch rechts gnoagt,
A so geht er uma schön stad übern Onga.
Er is s scha, so fein tuat ers freilih – mei Voda.
Wos hon ih ma zsomdenkt, wia schön daß ih redn wia,
Wan ih n wieda siach und daß ihs kunt sogn, wie ih n gern hon.
Ih hon däs so glernt, däs Schönredn, und immer oan, der nit viel nutz gwen,
Wia schön hon ih n ongredt, wia guat, daß ihs selba schier glaubt hon.
Und hiazt vo mein Vodan, do schnürts mar in Hols zsom,
Ih schom mih. – »Voda, grüaß Gott!« sist bring ih nix aussa.
»Grüaß dih Gott ah!« sogt er töwi, aft gebn mar uns d Hand und
Ih druck eahm die mogern küahln Finger: er ziacht mas fein gschami
Und stad wieda zruck und sogt: »Weilst doh na do bist.« –
Da Ton va den Wort und da Glonz va sein Aug, wiar ers gsogt hot!
Ih wias nit vagessn mei Leppa däs: Weilst doh na do bist. –
Mir gehn nocha stad übern Onger und s is wia wan koana
Wos zredn wüßt. Wan s z vul is, die Buttn, da reist s nit.
– Wia gehts dan da Muada? – Scha s Maul moch ih auf, oba s keit nit.
Na, wan er na selba wos sogad, hat gruacht und hiaz richti,
Aufn Stegl, wo s Wasserl von Hausbrunn untasih durchschwoast,
Do schöpft er hoch Otn, da Voda und sogt ma:
»Du, gib a wenk ochtin, daß d nit epper oistrauchst, da Stegbam
Is schlatzi.« – Und is wieda still, bis hin za da Haustür;

Selm bleibt er hiazt stehn, ziacht n Huat va sein oschfolbn Hor oh.
»Mei Ghör wa noh guat«, sogt er, »betläutn toans unt ban Gölkkreuz.«
»Und d Muada?« so rullts ma hiaz aussa. Do schaut er mih on und –
Und frogt mih so holblaut: »Ja, wonst as zwor noh nit tast wissn?!«
Und mocht a por Schriat va da Tür wek, »leicht wult mar a wenk noh
Umanond gehn, wer woaß s, ob s Weda long schön blieb.«
Do druck ih mitn Orm scha die Tür auf – und hiazt hon ihs gsechn.
Mit an Leintuch is s zuadeckt, wia schmol aufn Bret, daß s dan daliegt!
Und s Lamperl hot still dabei bruna. –
Ja wos hiaz is gschechn, wos ih gspüart hon und ghört hon,
Ih woaß s nit. Ih woaß s nit. – Wiar ih mih wieda hon gfundn,
Sein ma gsessn, ih und meini Gschwister, an iads in an Winkel.
Hobn gwoant; und da Voda geht draußtn alloan umanond,
Trogt unta da Iaxn in Huat und tuat betn.
»Ih woaß s nit, da Voda«, sogt die älteri Schwesta, die Plona,
»Däs hät ih ma nit denkt, daß er eahms so gring legt.
Sid d Muada is kronk worn, hon ih Ongst ghobt um an Voda;
Scha klewer an Bissn s Togs, daß er hot gessn,
Die gonzn Nocht her schier nix gschlofn. Auf da Bonk ban
Ihrn Bett is er gsessn, hots ongschaut; ka Löfferl vill Suppn,
Ka Schlückerl Wossa hot ihr an andern derf roachn,
Neamt ongreifn sist ban Hebn und Legn, wiar er selba,
Daß s n betn hot, d Muada in Voda: »Geh, Lenz, leg dih nieder
Und rost dih doh aus ah, daß d selba nit kronk wirst.« –
Wias gstorbn is, hot er ihr s Liacht noh in d Hond gebn
Und hot unsern Herrgottn ongruaft – und nix sist, ih glaubs nit.

Daß n s Aug ist gscheit noß worn, nur einweni hots n,
Si viel ih hon wohrgnoma, gach a wenk gstessn.
Und sids auf der Bohr liegt, is er der gleichi wie ehnta,
Steht auf in der Früa, as wia sist, ißt sei Suppn,
Varicht't die gnont Orbat und sogt zar olln s o, wan
Da Riegla, der s Leich und s Begräbnuß veronstolt't,
Um wos eppa frogn tuat. Sist redt er ka Wort nit.« —
A so hot mei Schwesta dazählt. Und ih schlog drauf d Händ
zsom:
»Oba Schwestern und Brüada! Dakents as dan nit, daß da Voda
Viel schwara noh trogt, as wia ees und mir oll mitanonda.
Ees derfts n nar onschaun, wiar er dorgeht alloan, und
Da tiafasti Schmerz — « Ih hons noh nit ausgsogt, daß er
stumm is,
Sa hebns scha zan woan an, und wias eh da Muada hot gultn,
Sa gilts hiaz in Vodan. Und s kleansti Brüaderl laft aussi,
Hell borfuaß lafts aussi, daß d Schwesta noh nochschreit:
»Du willst scha meh, zimt mih, die Kolln hobn!
Wos host dan
Noh z suachn auf da taunossn Weit, hiaz spotnachti?«
Sogts Brüaderl: »Mein Vodan«, und geht kloan betrüabt üban
Onga.

III

Mei Voda, mein Ähndl und ah noh mein Urähndl,
Und leicht ah noh den seiner, olli seins hoamgsessn gwen
In Woldbarnhaus. Koana Soldot gwen oda sist eppa
Viel umanondakema, koaner an Hondl triebn oder a Künstl,
Ah koaner an Buachstabn kent und viel wenker a Ziffa.
Na d Orbat afn Feld und in Hulz und nix as wia d Orbat.
Ober ehrngocht't seins gwen in da Gmoan und a pormol ah
Richter,
Braucht oana nix z kina dabei, as wiar ehrlih und brav sein. —
Sei Lepper a Zwickn is s gwen, de Woldbarnkeischn,

Und klemt hots an jadn drauf, oagnsta mein Vodan scha go stork,
Ober orm is er nia gwen, weil er in Reichtum nit kennt hot;
Ah nia stork vazogt gwen ban Kronksein und Notleidn,
Geduldi ollweil und schön deamüati frum und vatraglih.
Is s lusti wo hergonga, hobns gen vagessn aufn Lenzl,
Se hobn an viel gfoppt und zan Bestn ghobt ollweil,
Na, wias an guatn Loppn scha geht, der s Maul nit kon brauchn.
Oba wans wo an Beistond hobn braucht, an Trost und a Treuherz,
Do hobn s n akrat wissn zfindn. Wiar er d Muada hot gnoma,
Do hobn s n zerst ausglocht, daß er a sölchi hät ausgsuacht,
De n nix hot mitbrocht as wiar a treus Herz, a guats Gmüat und
A Lampel, s Lampel, wans foast is, wird gessn,
Wans rauch is, wirds ohgschert; und häts as nit mitbrocht,
As war a so ah häufti guat gwen und gmua gwen.
Jo Goud, wan ihs sogn kunt, wia guat as de glebt hobn
Mitanonda, mei Voda und Muada! Wia leicht aus s sein kema.
Nau, d Muada hot ton, wias da Voda hot ongschofft;
Und da Voda hots ongschofft, wias d Muada hot hobn wölln.
Nar oans hot da Muada nit gfolln, wan da Voda
Gen gsogt hot, da Mensch war zan Leidn auf da Welt do.
s Leidn war an Unrecht, hot sie gsogt, und er drauf:
An Unrecht, is bessa, ma leids, as ma tats gor.
Und wiar ers hot gsogt, hot ers gholtn. Wan er selber a Load hot
Zan trogn ghobt, mei Voda, is er hoamli noh froh gwen.
»As kunt leicht viel irga noh sein«, hot er gmoant, wiar er owa
Von Kerschbam is gfolln, daß n s Bluat na von Mund is hergschossn.
Viel irga, wia so dann? »Wan sie wa von Kerschbam gfolln?« sogt er,

Und hot, weils sa glückler is ausgong, a heiligi Meß zahlt.
Üba neunazwoanzg Johr hobn sie s trogn mitanonder und gnossn
Däs narischi Lebn, und olls, wos scha dronhenkt – bis a aus is,
Gach aus is. – Mei Voda hots Load gern a s o glegt:
»Auf da Welt recht viel leidn und geduldi dabei sein,
Auf d Ewigkeit denkn, selm wirds scha dastot't wern.«
Oba däs, hiaz so gach, daß n d Muada aufn Bret liegt,
Mih zimt, is n doh zan an Gspoaß a wenk z viel gwen. –
Scha himer a Randl, do is s n guat gonga,
Is s Körndl hisch gstondn und s Viach vulta leibi,
In Haus olls possabl banond mit da Gsundheit.
As kimt ah da Deana nit z oft mitn Stiftbriaf.
Da Schuldna wort't noch und hot ma wos einzbringa, kriagt mas
Wans himer a Randl so gwen is ban Vodan,
Do is er frei still worn, as wia wan an schier nit recht guat wa,
Und wan an wer gfrogt hot, na gspoaßholba gfrogt hot,
As zwegn ers Guatsein dan nit möcht vabringa, do sogt er:
»A holt so, vabringa scha leicht, oba wia, möcht ih wissn,
Wia kon eahm da Mensch dan in Himel dagwinga,
Wans is, daß n schon auf da Welt olls guat ausgeht!« –
Zan Glück hot de Kümernuß nia got z long dauert
Und doppelt is s Elend, mit Haufn is a kema,
Daß s olls wieder einbringt, was s eppa ban Woldbarn vasamt hot.
Und wans uns da Schaur und s Wosser und s Kronksein hot zuagsetzt,
Da Deana von Hausvagantn hot umgschrian und d Muada
Hot gwoant und d Leut hobn gspott üban Vodan sei Frumheit –
Wos hot er dan gsogt, do? »Däs is die recht Stroßn zan Himel«,
Hot er gsogt, »do gspür ih unsern Herrgott seini Schriatla.«

Und s se hot er ah ghobt, mei Voda, in Reichn
— So wos ma holt reich hoaßt in Baurnstond —
Den is er frei ausgwichn, hot nar in Ormen gern zuagschaut
Und oft, wan oan zimt hot, mir kuntn — weil s Mehl nit hot ausgfulgt,
Und s Schmolz schon als Noagl is gonga — leicht selba nit sott wern,
Jo, mei Gad, die wochsendn Leut toan gern essn:
Do hot er zan Tisch himer oft noh an Ormen zuaghoaßn:
»Geh han, mogst a Suppn, a wormi? Geh, setz dih
Und loß dih nit ehrn a Weil, go viel Guats kriagst nit.«
Und wiar er n Löffel hot hinschobn, mih zimt, ih gsiachs noh däs,
Schön stad üban Tisch, und auf d Leßt a kloans Stupferl noh mocht,
Daß er n leichta möcht glonga, da Gost, und möcht sechn,
Wia guat, daß s eahm gmoant und wia willi vagunt wa:
»Geh, loß dih nit hoaßn, zan hoaßn is s zwenk däs!«
»Ah na, s war Grobheit!« moant der onder, und schautn
Van Augnan da Huma ausser; und wiar er sih sot ißt,
Wer woaß, seit won sot ißt, da mocht da mei Voda
A lacherlads Gsicht, und hiazt kimt er sih reich für,
Und schauts, a selts Reichsein, däs gspürt er, is lusti. —
Jo, lusti wars Reichsein holt freilih, oba däs möcht ih wissn,
Wiar oana kunt reich wern, dens hint und vor onschmiern.
Sei Oanfolt und Leichtgläubigkeit hotn Leutn guat ongschlogn.
Wüads lüagn, wan ih sogad, daß er wissentlih ah nar
An oanzigsmol glogn hät. Wissentlih gwiß nit, s se woaß ih
Amol — und däs muaß ih dazähln — sein ih und mei Voda
Auf Zell gonga kirchfortn. Bleibn untawegn üba Nocht ban
An oangschichtn Baurnhaus, wir sein recht guat aufghebt.
In Stoll auf n Heu derff ma schlofn, oba nit eppa rachn!
»Ah nah«, sogt mei Voda, »tabokrachn tur ih nit, go nit,
Ih hon da mei Leppa ka Pfeifn in Maul ghobt.«

Is guat üba dos. In ondern Tog drauf gehn ma weiter,
Und mittn in Rosenkranzbetn – na jo auf da Kirchfohrt –
Do bleibt da mei Voda gach stehn und sogt schmentad:
»Oh du vahöllti Sau! Hiaz kon ih noh amol zruck gehn,
In Baurn, der uns d Nochthiaba gebn hot, hon ih a Lug
gschenkt!«
Ka Pfeifn in Maul ghobt! Sa narisch wos zsomredn!
Ols Holdabua jungaheit hon ih zan Damischwern gnebelt,
Und just hiaz ban Rosnkronz is ma dös eingfolln.«
Und ih – wiar ih mei Lepper a Spitzbua bin gwen, ih –
Sa sog zan Vodan: »Ihr hobt a ban Baurn so nar ausgsogt,
Ihr hät ar Uiha Leppa ka Pfeifn in Maul ghobt,
Däs is jo ka Lug nit, Ihr hobt a na s Röhrl,
Und va den na grod is boanani Spitzl in Maul ghobt.« –
Mei Voda, der schaut mih schworz on und hoaßt mih an Nigl,
An spottschlechtn Nigl, und s Rednvadrahn liaß er nit geltn,
S Rachn hät er gmoant, und a so häts da Baur a vastondn.
A saubera Kirchfohrtweg, den ma tat pflostern mit
Falschheit! –
Ka Ruah hot er ghobt, as bis ers in Baurn nit hot wohrton. –
Däs Gschichtl, däs kloan, wos enk gfollt oda nit gfollt,
Dazähln hon ihs müassn, mir z Spott und zan Ehr va mein
Vodan. –
Die hirtastn Zeitn fürn Vodan sein de gwen,
Wo d Leut eahms hobn zuatrogn, ih war in da Fremd daußt
Ohkema von Glaubn. Däs schrecktn, er geht mar in d Stodt
noch.
In da Stodt redt ma mehr nochn Büachl, dos hört er
Und moant, s war a stockfremdi Sproch, bis ih wieda
Schön steirisch und bäurisch und gmoan mit eahm gseist hon.
Und wiar ih n, ongstott in die Kirchn za da Vesper,
Ins Theater hon gführt, do hot er wohl zuagschaut schön
dusum,
Oba nochher in Zimer in stilln, da hot er a so gsogt:

»Wans Gott gibt, daß mir amol keman in Himel,
Mei Peder, ih möcht dih holt a gern ban uns hobn.« –
Jo freilih, mei liabs und olts Monl, wan Ihr däs möcht dabittn!
Won ih dosmol scha sterbn muaß, wia gern wult ih nocha
Da neugs wieder onhebn, seis do auf der Erdn,
Seis obn üban lochandn Himel. Ober oans müaßt a gwinga:
Daß d a wieda mei Voda derfst sein. Ih wünsch ma koan
ondern.
Und d Muada holt ah, und oll wia ma do sein banond gwest,
Daß mir wieda zsomkemen oll – wan Ihr däs möcht
dabittn! –
Sa sechts n aft gehn übas Feld, üba d Hoad hin,
Boad Händ hobt er zsom, in Huat inta der Jaxn – tuat betn.
Da schorf Wind blost sei folbalads Hor hin und wieder,
Oba d Sun sticht glüathoaß, daß n Tropfn af da Stirn stehn,
Er geht da daher, schön stad und schön still und tuat betn. –
Da betendi Lenz! An olts Weib, die schiaglandi Kadl,
Hotn aufbrocht, den Spitznom; – wos frogt er danoch, wia s n
hoaßn!
Auf da Welt is nix zmochn, er bit't unsern Herrgott,
Daß s eahm und sein Leutln, und olln mitanonda, sein Freundn
Und Feindn in der Ewigkeit bessa sul onschlogn. –
Begegnt n ban betn gach wer, so bitt er in Herrgott
Um Urlaub und setzt aft in Huat auf, und woaß a guats Wartli;
Für den: Er sul stad gehn! Für den: Er hät gor olls z viel
aufgfoßt!
Oder as folltn a Gspoaß ein, und freundlih und gmüatlih
Is er gleih mit an jadn, hoaßt das, wers von eahm onnimt.
Und spötln s n aus, wegn sein Betn und Guatsein –
Is ah recht. Da Herrgott vastehtn scha bessa,
Nimt wieda sein Huat inta d Jaxn – tuat betn.

IV

Und aso, daß ih weita dazähl, is in nämlichn Tog ah,
Wia d Muada is glegn auf da Bohr, unsa Voda
Alloan und betrüabt noh spot Nochts umanondagstiegn.
Mei Brüaderl, mei kloans, laftn noch und den sogt er:
»Oh Büabl, geh schlofn, du konst ma so doh ah nit helfn.«
Auf dos drauf geh ih zan eahm hin, gib eahm d Hand und
Sog: »Voda, ins Haus geht a mit, d Nochtluft, die frosti,
De kon Uich nit gsund sein.« Auf däs sagt da Voda:
»Geh na voraus, ih kim gleih noch, ih weis a kloans Randl
Hiaz noh mit da Muada.« – Er redt mit da Muada.
Hiaz is s so ban Hergotn obn. Ka Schrei auf der Erdn
Kon s neama darochn und weckn; oba still ba da Nochtstund
Schön deamüati betn, däs hört sie, gibt Antwort
Ihrn Lenzl in trostreichn guatn Gedonkn. –
»Ihr müaßt ar Uich, Voda, nit gor a so kränkn!
So will ih n hiazt tröstn, do locht er mih wehmüati on drauf:
»Wegn enker, ees Kina, so freilih wul kränkn,
Jo enk hobn ma d Muada vaholtn; ih bin noh glückler,
Ih hons hiaz viel öfter und gläda ba mir as wiar ehnta.
Scha, betn, wonst willst, konst; und wan ih bet, hört s mih;
Un wan s mi hört, tröst i mih, und redn mitanonda.
Hiaz is s wieda gsund, enka Muada, und laßt enk schön grüaßn.
Sa guat, as wia hiaz, loßt s enk sogn, wars ihr noh nia gonga.
Ees sults na schön brav sein banonda, sie wult enk
A Platz in Himel schon aufhebn.«
Mei Schwesta hots ghört, wiar ers gsogt hot, und holt't hiaz
Ihr Fiata vos Gsicht und beschazt: »Ih woaß nit, wia rar er
Ma fürkimt, da Voda, ih heb mih on z fürchtn.«
Do zupf ih s ban Jablin, daß s mitkimt auf d Seitn
Und sog ihr: »Mei Schwester, hiaz geht mar a Liacht auf!
Wos hon ih gstudiert auf da Welt und dafohrn olls;
Und wan ih ma denk, wos däs in da Stodt für a klogn is, und

Wans oans in die Gruabn schiabn, a wohnsinnigs Austobn,
Daß s Herz oan möcht zspringa, weil um und um nix is,
Däs tröstn und rettn kunt va da Vazweiflung.
Ih selba woaß a Grob, däs – um Gottswilln, ih derf nit drauf denkn! –
Du woaßt es jo, Schwester, und woaßt ah, wia tiaf daß s
In Vodan is gonga, s se Sochn, weil ers dakennt hot,
Wia hort as a Weltkind übas Unglück kon Herr wern. –
Und hiaz, ban eahm selba wiar ihs ine, wia viel daß
An oanfältigs Gmüat und da Glaubn und a Gottvertraun wert is.«
Mir bringen in Voda ins Haus drauf; er ißt noh sei Suppn,
Geht aussi in d Vorstubn und schaut, wiar er sogt, daß
s Liacht nit auf Schadn brint. Kimmt gleih wieder einer
Und sogt a guats Wörtl zan uns und geht schlofn.
An oanszigsmol seufzn recht tiaf hon ih n ghört noh,
Aft is er in da Rua gwen.
Daweil er da schloft, wirds in Haus um laut und lebendi,
In da Kuchl toans bochn und kochn, und d Stubn, wia s vul Leut wird!
Sie betn und singen und rachn Tabok, daß d Weibaleut hüastln,
Sie essn und wartln und lochn dabei, und wern wieder ernsthoft;
Und daußt in da Vorstubn legn s unsa Muada
Aft ein in die Truchn. Aft nogln sa as zua, und mei Schwesta,
De rent ols a woananda hin gschwind zan Vodan
Und ziachtn mit zitternda Hond die Deckn über Hauptn,
Da Holl und Scholl va da Truchn, daß ern nit aufweckt. –
Wia s fiati sein, wird er noh rechtzeiti munta,
Steht auf, legt sih on und geht mit in die Kirchn.
In Pfordorf, in Totnbschauomt, da kon er s noh amol sechn;
Er schaut auf ihr schneeweißes Gsicht, go fremd schaut er hin drauf,
Sie is jo nit meh. Da Leib ghört der Erdn.

Da Freidhof bedeut't nix. Er woaß, wan er s Grob ziert,
As kimt ihr nit z Nutzn; und wo ers muaß suachn,
Wan er mit ihr redn will. – Van Totnmohl sitzn die ondern,
Toan essn und trinkn. Er geht in stilln Wold um,
In oansuman Wold, und tuat betn. –

Wia gschwind as die Zeit streicht, hiaz is s scha sa long her
Sid s gstorbn is. In Vodan, wia gehts n? – Vagelts Gott für d
Nochfrog,
Zan Orbatn schaut er; nit oft as er redt va da Muada.
Amol oba suacht er in Mandlkolenda
Und bladlt und bladlt: »As muaß so hiaz bold scha
Da Muada ihr Tag sein. Plona, do nim dih na zsom, du,
Ih sog da s, do muaßt uns wul recht wos Guats kochn,
Ih lodn auf ihrn Tog ehka Muada zan Essn.«
A so sogt da Voda, und d Schwesta, wia s gschnappi
Scha sein tuat, de moant, unsra Muada, wia s hiaz wa,
Der wurd holt ban Woldbarn die Kost neama schmeckn.
An Deuta mit da Hond mocht auf de Red da Voda:
»Geh grim dih um onders, sie wird ihr scha schmeckn.
Ka Not wird s in Himel nit leidn, so denk ih ma selber,
Oba gfreun tuats as doh, wan ih s einlodn, se woaß ih.« –
s is weita nix gredt worn davon. Ih hon wieda fuat müan
In d Fremd, hons zuadeckt mei Load, und a lacherlads Gsicht
gmocht.
Und schauts, noch a Weil kimt a Brief va da Schwesta.
Sa viel, schreibt s in Briaf, hät s scha long neama grert, dir,
As wiar in da Muada ihrn Tog vor a Wochn.
Die zohnluckad Kadl, schreibt d Schwesta, däs schiaglandi
Weibmentsch,
Ih kenats jo eh, däs ohdrahti Bradl, däs znichti,
De s ninascht meh mögn, weils üba und üba vul Unfruat,
Und s Schimpfn und Fluachn und s Leutausrichtn ihr Bests is.
Wiar oft hots nit schmacht üban Vodan und gspötlt,

Und gor auf d Leßt üba d Muada noh aufbrocht,
Sie tat olls vahausn und mochad sih kronk, daß i
Nit orbatn müassad. Drei Tog noh, eh s gstorbn is, d Muada,
Hot s as ausgsprengt de Lug, die Kadl, das mih zimt hot,
Däs Bradl, wan s nit scha mit oan Fuaß in Grob stand,
Scha schiebelweis riß ih ihr d Hor aus, d se hot noh.
Und, Bruada, hiaz denk da s, de Roffel, de olt, lodnt da Voda
zan Essn,
Lodnt s ein auf da Muada ihrn Tog, weil die Kadl,
Wiar er sogt, eh s ärmsti Mentsch war in Viertel,
Däs häufti zan Humaleidn kam, weil s den Brauch hät,
Den zwidern und schiach wa. – Ih hon mih noh zsomgnoman
ih, schreibt d Schwesta,
Hon gmoant, s wurd wer besserer kema; boch Kropfn,
A Straubn und a Weinbeeldschmolzkoch und noh an Kaffee
zleßt,
Und proppa, wia s d Muada ihr Leppa nit ghobt hot,
Mit blüaweißn Tuach wird da Tisch deckt, die boananan Löffel,
Die neugn, wern da hertrogn, und olls wegn da schiagladn
Kadl.
Da Voda sitzt do und ih ken s wul, eahm schmeckts nit,
Die Olt haut da drein wia drei Drescher, in d Schmolzpfon,
As wia wan s scha neun Tog nix Worms hät in Mogn kriagt.
Dabei hots s noh gschimpft über olls, daß mih zimt hot,
Wan da Voda nit war, ih schlogad ihr n Löffel von Fingern.
Af d Leßt, wia s in Löffel ohwischt und daß s gmua hot,
Do mocht s dar an Pfnecha, sogt fleißt Vageltsgott,
Sa guat, as wia dosmol häts long scha nit gessn.
Und wird gonz vatraglih und moant, auf da Welt, daß s
Holt doh guati Leut gab. Und lobt zerst in Nochbarn,
In Hiasl ban Zaun, daß er recht a schwarzs Viech hät,
Und aftn lobt s mih, daß ih go sa guat kochad,
A Schmolzkoch, wia däs, kunt ma weit und breit suachn.
Und aftn in Nigerl, daß er sa brav wochsad,

Und aftn in Jogl und d Miazl, man fundat nit bol sa
Guat ohglernti Kina, wia de warn, ban betendn Lenzl.
Und aftn, Peda, lobt s dih, wia weit daß d as brocht häst,
An Ehr für die Gegnd warst! Und aft lobts in Vodan.
Nit long hot s n globt, eahm, springt s ah schon auf d Muada
Und sogt, as wia de war auf Gottes liabn Erdbodn
Ka bravers und frümers und fleißigers Leutl noh umgstiegn. –
In Vodan wern d Augn noß, er sogt zu mir hoamla:
»Wia seelnguat, daß s sein kon, däs Weib, wans ka Not leidt.
Da Huma, mei Mentsch, der mocht zwider und gifti.
Hiaz woaß ih s, hiaz gib ihr da Muada ihr Pelzl,
Daß s jo übern Winta schön worm hot, die Kadl,
Do bleibt s aft ah einweni worm, wans Gotts Willn is.« –
A so hobn an gholtn, da Muada ihrn Tog huir,
Und von Vodan, de narischi Freud konst da denkn,
Daß s ihr, der oltn Kadl, ban uns sa guat taugt hot.
Dakennt hon ih s wul, s is da Muada z Liab gschechn,
Und ih will da Kadl ah weita nix nochsogn,
Sie is an orms Wesn, ih wünsch ihr olls Guati,
Oba froh bin ih z tot gwen, wia die Olt ban Loch draußt is. –
A so hot s ma gschriebn, mei Schwesta, die Plona,
Und setz noh: »Ih beschlüaß mei Schreibn in Schutz Gottes,
Gsund so weit san mar und däs is noh s Besti,
Und da Voda, der loßt dih schön grüaßn.

Der Ahndl ihr Tram

D Ahndlmuada sitzt ban Heiderl,
Wo s kloan Büaberl leit,
Guckt so süaß und glückla nieder
Auf ihr jungi Freud.
»Büaberl, moch in Rua
Deini Äugla zua!«
So tuats singa.
Kon in Kloan nit zschlof dabringa.
— Dunners Büaberl will nit schlofn,
So a Nigerl gibt oan zschoffn!
Sticht dih eppa s neugi Stroh,
Oda beißt dih gor a Floh?
Z nieda host jo doh nit d Hapn,
s Zutzerl host jo ah in da Papn.
Mogst dih holt nit gleichdaruckn.
D Windeln sein jo doh noh truckn?
Meina Treu, s wa doh dalogn,
Daß d dih wieda häst dazogn!
Heidln tur ih eh und singa,
Na, mi zimt, ih muaß s dazwinga,
Deucht mih schier: Hiazt schloft er schon!
Guckst mih helliacht on. —
Schau, ih möcht und hon de Eil,
Und du häst sa schön daweil. —
So sogt d Ahndl. Uft gehts umkehrt:
s Büabl bleibt da heili munta,
Sie schloft ein.
Dunkt und dulst, hebt on z trama
Von kloan Büaberl, wias n gehn wird,
Bis er groß wird, bis er selber
— Gott wirds gebn und schenk eahm s Lebn! —
A stoanolts Manderl — Ahndl is.

Jo, mei Kind, moch koani Foxn!
Wirst scha woxn,
Wirst bol lüfti umaspringa,
Mit die Buama buglringa,
Wanst amol a Hosn trogst
Und a roggas Knödl mogst.
Oba z long nit umalafn,
Wiar ih dar a Büachl kafn.
Lerna derfst ma so nit zweni,
Für de Welt braucht ma dameni.
Ih kon dir nur oan Stuck lehrn:
Kind, a brava Mensch tua wern.
— warst mar eppa z groanla worn,
Wurd ih d Ruatn ah nit sporn.
D Ruatn is a guati Godl
Für an Jodl;
Trauat ih ma d Ruat nit z nehma,
Kunts ma später onderst kema;
s hot sih doh scha zuadatrogn,
Daß da Suhn sei Muada gschlogn!
— Büaberl schaust mih so liab an,
Moanst, däs wa so weit davon,
Daß d a so a Losta wogast. —
s Müadal mit an Steckn schlogast. —
Tua hiazt schlofn, herzigs Büaberl,
Wans d aft größan wirst, kimts Liaberl.
Gfollt da s Nochborn kloani Tonerl,
Oder gor s rotwanglad Fronerl?
Wan dih aft dei Voda frogt,
Wos däs für a Modi wär?
Redst dih aus, du Spitzbua du!
s Busserlgebn, däs süaßi Ding,
Häst va deiner Ahndl her.
Nimst in Wirtshaus mit dei Maderl,

Zahlst n Met und schweiners Braderl,
Gwingst in Schneida gleih nachst Wochn,
Sul enk s Hohzatgwandl mochn,
Oba sogs in Moasta Deng:
Für dih nit zweit, für sie nit zeng! –
Klewer is a Jahrl uma,
Lüfti muaß d Frau Godl kuma.
s hot wos ontrogn, s is wos zsomgfolln,
Jo, der Ofn, der is zsomgfolln –
Wia ma sogt,
Wan sih gach wos zuadatrogt.
s is a Büaberl wiar an Engerl,
Schreit recht laut und locht a wengerl.
Steht kam on a etla Jahrl,
Wurlt um a ganzes Scharl
Bravi Dirndl, bösi Buabn,
Wochsn auf wia d Holmaruabn.
Und die Größern sein scha ziemla
Stork und kinen d Orbeit frimla,
Und die Kleanan schrein und humsn,
Daß oan schier da Kopf tuat sumsn,
Nehman Vodan ba die Haxln,
Toan wia Katzler auffikraxln;
Toan wia d Affler umahupfn,
Imeramol in Schnauzbart zupfn.
D Muada schreit: Hiazt gebts a Rua!
Schaut recht harb – und schmunzt dazua.
Aftn keman ondri Zeitn,
Kumernuß und Zwiedrigkeitn.
Wird bold kleana s jungi Schöckel,
Schauts, die Buabn kriagn s Kaisaröckel.
Aft tuats hoaßn: Urlaubnehma!
Müassn in die weiti Welt,
Schreibn: wer woaß, obs wiedakema,

Lossn bittn um a Geld. –
Mit die Mentscha gehts nit bessa;
Werns amol a wenkerl größa,
Wars schir Not, ma holtad Wocht
Bar eahn Bett die gonzi Nocht.
Oba Dirndln, däs sein Gredln,
Hörn de Dei nit auf zan wedln,
Sein dar ollaweil handlon,
Bis an jadi hot an Mon.
Aftn hebt die olti Gschicht
Süaßn Freudn und bittera Schmerzn
Für die jungen Menschenherzn
Wieder on. –
So vageht die Zeit.
Do dalebn die jungen Müader
A woanandi, a wehi Freud:
As keman eahnri guatn Brüader
Aus n Feld vakrüppelt zruck. –
No, in Natzl hot a Stuck
Weckbolwirt in rechtn Orm,
Und in Seppl – Gott erborm! –
Bringens af an Korm dahe,
Hot koan guatn Fuaß nit meh.
Oba d Herzn sein noh prächti
Gsund und jauzn scha weitmächti!
Kenan d Muada scha va Weidn,
Kimt da Voda vula Freudn,
Keman d Schwestern mit die kloana
Vettern und mit eahnri Mana:
»Weils na do seids! Weils na do seids!
Grüaß enk Gott! weils na dahoam seids!«
Hell va Freudn woant s olti Müaderl,
Und da Voda reißt sei Hüaderl
Kloan dakema gschwind von Kopf,

Aftn sechts in weißn Schopf. –
Und da Voda, der olt Voda
Mitn schneewerlweißn Horn,
Der wirst du sein, mei liabs Büaberl,
Noch a fünfasiebzag Johrn. –
Aft host olli deini Kina.
Und in Ausnahmstübl drian
Loßt an Most hertrogn, an süaßn,
Und die bravn Buabna müassn
Hiazt dazähln – weils nu banond –
Wias as bschützt hobn, s Hoamatlond.
Gehn die Groẞn aft mitsoma,
Wias holt zsomghörn in die Koma;
Schau, die Jungen müassn trochtn,
Daß nit eppa d Leut ohkema,
Und mir Oltn müassn wochtn,
Daß ka schlechti Richtung nehma.
Oba däs, du kloana Mon,
Geht dih heut noh gor nix on! –
So moant d Ahndl, und will singa,
Daß in Kloan kunt z Schlof dabringa.
– s Büaberl mocht in süaßa Rua
D Äugerln zua.

Olli Tog is nit Sunta

Begehrst as, valongst as,
Du dolgada Mon,
Daß s dar ollaweil guat geht,
Sa bist scha schlecht dron.
Jo, heint meinswegn gehts noh,
Bist lusti wulauf,
Morgn draht sa sih über,
Aft is s Hantigi obnauf.
Af oanmol, ma denkad s nit,
Trogt sih wos zua,
Und brint scha da Stoll nit,
Sa stehln s da dei Kua.
Heint schreist noh: ih will!
Morgn wimast: ih muaß!
An Tonz nimst da für,
Daweil brichst dar an Fuaß.
Aft schmeißt kloan vazogt
Glei olls drüber und drunta,
Jo – host dan du gmoant,
As war olli Tag Sunta?
Ih gfreu mih heunt ah und woaß,
Morgn is s vabei,
Heint Bloaman und Rosan,
Morgn Heu. –
Afn Heu is guat liegn,
Wer recht miad is und mod,
Und wer nit miad war und mod,
Der kränkad sih z tod.
An oanzigi Lost
Liegt auf olla Leut Ruckn,
Und däs was ih trog,
Kon an ondern nit druckn.

Und steh ih af d Seitn,
Daß ih auspfnaus und rost,
Sa trogt daweil an ondrer
Mein Toal va da Lost.
Wos zan Gfreun is, wird gfreut,
Was zan Leidn is, wird glidn,
Und woaß ma, daß s an ondern
Guat geht, is ma zfriedn.

D Herrgottswiagn

Du narisch Kind, so
Wos grimst dih dan so?
Geh, moch a frisch Gsicht
Und nims noch n Gwicht.
Noch n Gwicht nims und nit
Noch der unrichtign Elln,
De d Folscher und Schimpfer
Und Raunzer aufstelln.
Drahst dih rechts oda dengs,
Oda liegst noch da Längs,
Willst dih stelln oda legn,
Es kon da nix gschegn.
Bist reich, wird s da taugn,
Bist gsund, wirst es gspürn,
Bist kronk oder orm,
Host nix zan valiern.
Bist brav, konst es gniaßn,
Host Schuld, wirst es büaßn,
Leidst Unrecht, wuhlon:
Bessa glidn, wia ton.
Bist schön, mochst a Freud,
Bist es nit, findst koan Neid;
Bist jung, renst in Saus,
Bist olt, is s bold aus.
So longs do bist, tuast mit,
Und bist gstorbn, host an Fried.
Schlofst dih aus. Noch a Weil
Wochst du auf – s hot koan Eil –
Kloadst dih onderst, mei Seel,
Und host d Augn wieda hell. –
Da Wind waht dih hin
Und da Boch trogt dih he,

Die Erd ziacht dih nieda,
s Feuer hebt dih auf d Heh.
Loß dih wahn, loß dih trogn,
Loß dih aufhebn und legn,
s schuadlt hin, s schuadlt her
Und es kon da nix gschegn,
s schuadlt hin und da Staub
Sein scha d Federn zan fliagn,
s schuadlt her und dei Grob
Is fürn neugn Menschn d Wiagn.

A Kriagl Wein

Wan ih recht vazogg und kronk bin,
Gehr ih auffi za mein Toni;
Noch da Stroßn gehr ih auffi,
Nouh a wenk dasteagln kon ih.
Oba frei koan Otn krieg ih,
Hitz und Stab, und sou viel schwitzn!
Ninaschd is a küahla Schotn,
Daß ma kunt a wengerl sitzn.
Ban an Huller huckt a Dirndl,
Däs ih heint scha bol nit kent hät;
Wans na koani Weiba gabad,
Daß däi Welt amol an End hät.
Selm ban Stoanbruch huckt an ondri,
Kloani Kiner kugln uma,
Moichtn trinkn ba da Muada,
Däi hät selba Durst und Huma.
Oubn in Gschlouß, da reichi Prossa!
Hät die Ormi af da Stroßn,
Wos in Gschloßhern seini Jogdhund
In da Schüssl übalossn!
Weiter entn racht a Bronstot,
Is in Leutn olls vabruna.
Goud, in oan bringst um mit Reichtum,
Und in ondern willst nix guna, —
Und a sou schauts aus, mei Stroßn,
Wan ih auffi geh zan Toni,
Holb vaschmocht und gonz valossn,
Und koan Trost, ka Lobnuß hon ih.
Grod an oanzign hör ih jauzn,
Hot scha d Stroßn neama trouffn,
Ligg in Grobn und is glückseli,
— Und der oanzigi — is bsouffn. —

Himel, Hergoud, Jesu Christi!
Sog, für was willst du uns strofn,
Daß dasölchti Höll af Erdn,
Daß dasölchti Welt daschoffn! –
Endla bin ih oubn ban Toni.
»Grüaß dih!« sogg er, kimb scha z lochn.
Den sei gmüatlichs Gsichtl kunt an
Granggnschibl lusti mochn.
Aftn bringg er gleih a Kriagl,
Grean glosiert is s und tuat schwitzn,
»Peda, gsegn dars Goud!« Und nochha
Muaß ih ah glei zuwisitzn. –
Sou a Kruag, äis Leut, ih sog enks,
Hot a Finstern und a Tiafn!
Däis is s rechti Louch, do eini
Will ih mih vagrobn, vaschliafn.
Oba denkts enks: stad in Kriagl
Häibb a Soatn on zan klinga,
Häibb a Glüatl on zan glousn,
Häibb a Liadl on zan singa.
Worm und suni wirds in Stübl,
Bin af oanmol frisch und munta.
Vula Geign henkt da Himel,
Olli liabi Tog is Sunta.
Mei sein olli Proust an Zweigln,
Olli Oar in ollen Nestern,
Olli Buabn sein meini Briader,
Olli Dirndla meini Schwestern!
Toni, dank da Goud, mei Toni,
Für dei tiafas, finstas Kriagl!
Oh, da Himel, der is herlih,
Und da Wein, der is sei Spiagl! –
Jässas, is däs Hoamgehn lusti!
Und wia guat mochts douh da Väitta,

Daß er schloft in Stroßngrabl,
Gibb nit viel so woachi Bäitta!
Wer z long schloft, der wird an Erdn,
Aus der Erdn mocht ma s Kriagerl,
Aus n Weinstouck rint a Brünerl,
Aus der Truchn wird a Wiagerl. –
Nochha kim ih za da Brondstot.
Freilih, freilih is s elendi,
Oba s Haus wird wieda aufbaut,
D Leut sein olli nouh lebendi.
Wer a Rouß hot, der sul reidn,
Wer a Gschlouß hat, der solls gniassn.
Und an jada ful sei kurzas
Lebn, so guat er kon, vasiassn.
Schauts, in Orman af da Stroßn
Schmäikt sei Stükl Brot ouft bäissa,
Noch da hortn Orbat s Schlaferl
Siaßa, wiar in reichn Fräissa.
Guat hots unsa Hergoud eingricht,
Gonz und gor is neamb valossn,
Und just s bäißti – s Dirndlholsn,
Hobn die Gringen wia die Großn.
Selm ban Huller huckt nouh s Dirndl,
Afn Wipfl singg a Dröischerl:
Dirndl, Dirndl, sei nit launi,
kriagst a Busserl auf dei Göischerl. –
Sou viel Glück und sou viel Sunschein,
Sou viel Liab und sou vial Gnodn!
Himel, Hergoud Jesu Christi,
Däis Trum Welt, däis da grodn! –
Aus n Kriagl Wein is s gsprunga,
Ober olls, wos springg, muaß sinkn.
– Toni, gib afs Kriagl ochtin!
Schau, ih möicht bol wieda trinkn.

Da Woldbruada

Is scha recht, a wenk frum,
Oba go z frum is dum,
Do kriagt oan da Teixl
In leichtast herum.
Do follt ma hiaz fein
Da se Woldbruada ein,
Hot gmoant, er möcht nix
Wiar an Oansiedla sein.
Is schau recht, denkt der oan,
Bleibst nit ewi alloan,
Gehst nit gleih af a groß Trum,
Sa moch ma s z erst kloan. –
Da Woldbruada hot
Fleißi bet't früa und spot;
Do besuachtn af oanmol
A olta Prolot.
»Nau, Bruada, wia gehts?«
Sogt da se, »und wia stehts?«
»Sa weit guat«, sogt da Bruada,
»Ober oan Hagl häts.
Af d Nocht, in da Früa,
Wan ih Avemaria
Sul betn und singa,
Do trif ih d Stund nia!«
Da Prolot hörts und schreit:
»Mei Mensch, däs war gfeit!
Host kan Uhr, schof an Hon an,
Der kraht da die Zeit.«
»Is eh wohr«, so sogt
Drauf da Bruada und wogt
Af an Hon wos und woaß hiaz
Won s nocht't und won s togt.

As steht nit long on,
Kimt er wieda, da Mon,
Ols Prolot in da Kutn,
Und frogt noch n Hon.
»Donk da Frog«, sogt da Frum,
»Oba s Vieh laft mar um
Draußt in Wold, daß ih fürcht, noh
Da Fuchs bringt mih drum.«
Sogt der onderi: »Na,
Du, do donkad ih ah,
Daß ih n Fuchsn mein Uhr
Liassad aufziachn, ha!
War nar ih in da Klaus,
Mir kam s Viah nit leicht aus.
Da Hon muaß a Hen hobn,
Aft bleibt er scha z Haus.«
»Und däs is ah wohr«,
Sogt da Bruada, »he, Norr,
Hiaz kaf ih a Hendl,
Aft hon ih a Por.« –
Noch a Weil kimt der Olt
Wieder außer in Wold,
Und findt dar in Klausna
Gonz wild und vagollt.
»Is noh klewer ah Johr
Wars a bluat oanzigs Por,
Und hiazt bibazt und gogazt
A mächtigi Schor.
Und betn dabei,
Ba den Wuisln und Gschrei?
Seit d Heana da sein,
Is mei Gottlobn vabei!«
»Geh, bild da s nit ein!«
Sogt der oan, »deaf nit sein,

Daß d as Gottlobn vasamast,
Weil de Heaner umschrein.
Vagunn dar a Mogd,
De da s hüat und vajogt,
Wan s dih go z viel schenirn und denk,
Ih hon da s gsogt.«
Da Bruada moant frum:
»Däs war eh nit sa dum«
Und nimt eahm a Weibsbild,
A muatsaubers Trum. –
A Hen und a Hon,
Und aft denk mar oans s schon,
Daß er nit z long ausbleibt,
Da sebigi Mon.
Oba nit ols Prolot,
Kimt er he va da Stodt,
Hiaz kimt er ols Teuxl
Und locht sih holb z tot.
Da Bruada sogts klor:
»Ih bin ah nit dei Norr!«
– Führt d Heaner in d Schüssel
Und s Weib zan Oltor. –

Woldliada

s Olmlüfterl

Won s Olmlüfterl waht,
Selm tramen die Bam!
Selm säuseln olli Astla,
Selm singen olli Blatler
An himlischn Tram!
Sie singen da Liadla,
So liablih und schean,
Und wons d nar a wenk Lust häst
Und wons d nar a wenk lousast,
So tast as vastean!
Schau, wos mir in da Seel hobn,
Se tramen die Bam;
Und s Lusti und s Loadi
In Haus und in Herzn,
Se singen die Bam!
Willst lebn oda sterbn
In Wold untern Bam,
Is s noch Lostn und Schoffn
Guat rostn und schlofn
In himlischn Tram.

Drei Juchaza

Möchts wissn, ees Leut,
Wann da Juchaza hollt?
Drei Junggselln sein gongan
In lustigrean Wold.
Der erst wa valiabb,
Da zweit wa valobb,

In dritn hot noh
Koani ghobb, koani gfobb. –
Der erst, der hot gjuchazt –
Ka Lüfterl wird woch,
As meldt sih ka Bam,
Da Juchaz is zschwoch. –
Da zweit, der hot gjuchazt,
Da Juchaza hollt –
Owa gleih wieda still is s
In lustigrean Wold. –
Und schauts, wia da driti
Sein Juchaza schreit,
Da hollads und schollads
Um und um, daß s a Freud!
– Der erst wa valiabb,
Da zweit wa valobb,
In dritn hot noh
Koani ghobb, koani gfobb.

Do frog ih mein Wold

Oft kimts ma hell für,
Mei Gedonkn gang irr,
Und do frog ih mein Wold
Um an Ontwort holt.
Wia schön is doh d Welt,
Und wia frisch is mei Bluat,
Und s Dirndlliabn schmeckt ma
Scha saggarasch guat!
Wia süaß is da Wein!
Und da Sunschein wia hell!
Und da Schottn wia fein!
s is a Freud, meina Seel!

Hiaz frog ih: Däs Lebn,
Is s nit dena viel z kurz?
Do sogg da Wold: – z kurz.
Hiaz drah s amol üba,
Siachst Elend und Not,
Betrogn wird und grafft wird
Ums täglichi Brot.
Der oan quält sih selba,
Der ondri wird quält,
Und an iads Stückl Freud
Wird oan bitta vagält.
Wos wochst, muaß vaderbn,
Und wos d baust, wird zu Scherbn;
Und s Schlechtast, de dolgadi
Ongst erst vorn Sterbn. –
Hiaz frog ih: Däs Lebn,
Is s nit dena wul z long?
Do sogg da Wold: – z long.
Gsetzt die Frog: sein zwoa zsomghenkt,
A Mon und a Weib;
A zwoaschädlads Tier,
Und ma sogg, s wor oan Leib.
Er ist stork und da Gscheita,
Kon sih s Lebn oft vasüassn,
Sie, die schwächeri, schöneri,
Besseri Hälfti,
Sie muaß in Gspoaß büassn.
Und gsetzt, däs Por streitad,
– As kimt zwor nit vor –
Oba sogn ma, wans sein tat,
Wans streitad, däs Por,
Ih frog, wer do recht hät,
Ob er oder sie?
Do sogg da Wold: – sie.

Hiaz drah s amol üba.
Da Mon muaß sih plogn;
Fürs Haus muaß er sorgn,
Muaß streitn und wogn,
Da Mon, der muaß Wocht stehn
Ba da Nocht und ban Tog,
Auf eahm, wan was gfahlt geht,
Auf eahm kimbb da Schlog.
Drum frog ih, in Foll,
Wan de streitn amol,
Wer recht hat ban Hondel,
Ob sie oder er?
Da sogg da Wold: — er.
Ha, s Lebn is a Nuß,
Hot a stoanhirti Scholn,
Oba moanst nit, da Kern
Deafad s Aufbeissn zohln?
Sul ih denkn und ruachn,
Und spintasiern, suachn?
Sul ih beissn und nogn
Und meini gsundn Zähn wogn?
Wia moanst, liaba Wold,
Sog na oder jo!
Do sogg da Wold: — jo.
Wiar is s oba, wan ih
Umsist beissn sul?
Und da Kern is höllgifti,
Und d Nußn is huhl?
Do is s doh leicht gscheiter,
I leg mih stad hin
In Schotn und rens mih
Sa long, as ih bin;
Und laß d Nuß a Nuß sein,
Sa long sie s sein will,

Und tram von an metsüassn
Opfel schön still.
Däs aufbauschti Zeug
Is wul nit da Müah wert,
Daß sih oana wiar a Kindskopf
Drum zopelt und schert.
Oda doh eppa lacht?
Geh, sog so oder na!
Da sogg da Wold: — na.
Und a so schreit er her,
Und a so schrei ih hi,
Und nit um an Itüpferl,
Nit um a Bamwipferl
Is da Wold gscheita wiar ih.

Wan ih lieg untern Bam

In Suma, wan s hoaß is,
Do leg ih mih holt
Wul gern untern Tannenbam
Draußt in grean Wold.
Rost oh, Herz, rost oh,
Und olls wos dih druckt,
Däs legst aufs woach Mias hin,
Wo d Sun durcha guckt.
D Wipfel hebn d Finger
Und wispeln sih zua:
Pst! lossn ma n na schlofn
In Wondrer, mit Rua!
Und d Humeln toan läutn,
Wos mog däs bedeutn?
Da Herr is in Wold!
Da Herrgott is hier!

Ih grüaßn, er setzt sih
In Schotn zu mir.
Er fongg mih ou auszfrogn,
Wia s ma gfollad, sei Welt?
Donk da Frog, sog ih, guat,
Bis auf däs, wos ihr fehlt.
Na, wos ihr dan fahlad?
So frogg er mih drauf,
Und blüaht vor mein Aug
Ols a Dornröserl auf.
Gleih druck ih däs jungaufblüaht
Freuderl an mih –
Aufs Röserl a Busserl,
Auf d Lefzn an Stich. –
Schau, Herrgott, so is s,
Und hiazt siachst es, wia s tuat:
An iads Eichlt Gspoaß
Kost't a worms Tröpfel Bluat. –
Da Herrgott steht auf
Und aft draht er sih gleih,
Und fliagt vor mein Aug
Ols a Vögerl vabei;
Und waht ols a Grücherl,
A frisch üba d Au,
Und schlog auf sein Äugerl
In helln Tropfn Tau:
Und klingg wiar a Juchazer
Auffa von Tol,
Und rauscht ols da Wind
Wiar a Wossafoll;
Und murrt, als wia wan
A wilds Weta kam,
Und fohrt ols a Blitz
In mein Tannenbam. –

Und däs, schauts, däs is auf mei
Fürwitzigs Redn
In Herrgott, mein Herrgott
Sein Ontwort gwedn.

Won a so a Vögerl kam!

Jessas, is däs a Welt!
Schauts enk de Leutler on:
An jada hot a Herz in Leib,
Schomt sih damit.
Grafft wird, daß d Fetzn fliagn,
Oana schlogg in ondern tot.
Scheinad so d Sun olls z schön,
Gabadn s Fried!
Won a so a Vögerl kam,
Däs a süaß Liadl kunt,
Däs Hoß und Streit in Ewigkeit
Schön zschlof singa tat!
Won a so a Vögerl kam,
Däs in olln Lüftn sung:
Gloria in excelsis Deo!
— s onderi wißts eh!

s Wasserl in Wold

In Wold bin ih gsessn, wo s Hochwossa rint,
Und grauscht hot da Wildboch und gwischbit da Wind.
A Weil hon ih gschaut bei den Schwuabeln und Wogn,
Do hots dir auf oamol a Bleamerl hertrogn.
A rosnrot Bleamerl, häts auffischn mögn,
Oba weiter is s gschwuma, hons neamameh gsegn.

Hon ma denkt: so is s Leben, däs so gschwind uns varint.
— Und grauscht hot da Wildbach und gwischblt da Wind. —

Wildnuß

Wer kunts dan sogn, wer kunts beschreibn,
Wiar oan is, wan ma sitzt auf da stilln Höch!
Um und um Wold, ruasuma Wold,
Und ih frog mei Seel:
Mei Seel, bist kema von Ewigkeit her,
Host dei Nestl baut in mein ormen Leib,
Daß d rostn konst a kurz Randl Zeit,
Wiar a Vögerl af an grean Astl rost't,
Eh s d weitafliagst in d Ewigkeit!
Ih frog dih, mei Seel, ih frog mit Fleiß,
Geh schau um dih und konst mas sogn,
Is d Welt schon olt oder is noh jung?
Noch Johrtausndn zähln d Leut eahna Zeit,
Konst mas nena, do mittn in tiafn Wold,
Konst mas nena, s Johrtausnd, in den ma lebn? —
Nit konst mas nena, du host ka Moß,
Ka Moß und ka Morch! die bluatign Tritt,
De s Menschngschlecht hot eindruckt in Erdnbodn,
Vawochsn sein s mit Mias und wildn Rosan.
In Bama do, in miasign Stom kenst es nit on,
Wos d Leut ergründn, findn, ziegeln und biagn,
Die Bam wochsn heint, wia vor Urzeit und ewi,
Olli Johr gleich — und da Wildnuß zua.
Olli Ständ und olli Händ müassn sih olli Tog spreizn,
Spreizn dagegn, daß d Welt nit zruckfollt,
Zruckfollt in wildn Urstond, wia s Wossa ins Tol rint,
Und wanst as ah noh sa gwolti hoch afn Berg loatst.
Setz aus, na hundert Johr aus mit deiner Orbat und Müah,

Und valoschn, austilgg is olli menschlichi Spur,
Und d Wildnuß is do und die wildn Tier,
Leicht ah s selbi dabei, mit zwoa Händ und Füaß.
Da helli Augnstern lischt aus, der nit gegn Himel schaut,
Die weissi Hond, de neama will in Bruadan helfn,
A Raubzong wirds, a Bronggn wia ban Bärn. –
Na hundert Johr vagiß, o Mensch, afs Menschntum,
Und olles is vabei. – Eh s de Zeit zuwakimbb,
Fliag oh, mei Seel, von wildn Bam!

Von Leutn weit weg

In Wold, wan ih bin,
Denk ih her, denk ih hin,
Denk ih auf und denk nieda;
Mei Gedonkn, mei Sinn
Is akrat wiar a Folta:
Fliagg hin und fliagg wida.
Ih denk noch üba d Welt,
Wia s vagonga Zeit wor,
Denk noch ah, wia s heint is,
Wia s sein kon aufs Johr.
Und so gscheit, daß ihs ausdenk
Auf der oansumen Weit,
Grod so dum stell ihs on,
Wan ih kim unta d Leut.
In Wold, wan ma ruaht,
Sein dar olli Leut guat,
Daß ma moant, ma möcht s Lebn
Für de guatn Leut gebn.
Va da Hond schmeißt ma n Steckn,
Von Herzn follt d Scholn,
Vul Vatraun will mar eahner

In d Orm einifolln.
Du Norr! Du Großnorr!
Du dreidoppelta Norr!
Däs Beest, wans kon, frißt dih
Mit Haut und mit Hor.
Von Wold unta d Leut
Is a gfahrlichi Strossn!
In Wold bist alloan,
Untern Leutn valossn.
Ma moant, sie schaun gleich
Aus, d Menschn und d Leut,
Probiers na, vagleichs,
Sie untascheidn sih weit.
Seltn von Leutn oan,
Daß n passiert,
Daß er kimbb zan eahm selber
Und ah a Mensch wird.
An jada von uns
Is a Spieluhr und kon
Siebn sauberi Stückler,
An iads in sein Ton;
Wirds aufzogn von Leutn
Und ongricht't olli Stund,
So spielts die siebn Todsündn
Her flott und rund. –
Bist in Wold daußt alloan,
Konst neambb ungüatla toan,
Wird ah dih neambb betriabn;
Von Leutn weit weck,
Recht weit weck, seins guat liabn.

Oba leidn müassns doh

Wan ih lieg untern Bam,
Is ma d Welt wiar a Tram,
Denk ih nix, als wia wan
Na ka Wecka nit kam.
Do hör ih wos klinga
Va weit her, va weit;
Ih kents va meina Kindszeit:
Is s himlischi Gläut.
Do schlog ih mein Aug auf
Und siach lauta Kreuz,
An iada Zweig mocht a Kreuz,
An iada Wipfel a Kreuz.
Do denk ih auf d Leut,
Gibb zwor Vieha dabei,
Oba leidn müassns doh,
Und ih hör eahnan Schrei.
An iada Bam trogg a Kreuz,
An iada Mensch hot sei Weh,
Oft schwara wiar a Berg,
Oft tiafa wiar a See.
In Wold, wan ih denk drauf,
Do loßts ma ka Rua,
Weck mih selba von Tram auf,
Und n Leutn geh ih zua.
Und leg eahna doh wieder
In Orm um an Hols:
Schauts, Leut, weils so leidn müaßts,
Vazeih ih enk olls.

Pfüat dih Gott, liaba Wold!

Zan Zeitvatreib! hoaßts. Wer so wos vasteht!
Die Zeit wölln s vatreibn,
De eh nit will bleibn,
Und schnell vageht.
Wia long is s dan her, hot d Sumasunn brotn,
Ih bin glegn in Schotn.
Wiar a Hirschl hon ih trunkn ba da klorn Quelln,
In woachn Wasserl bin ih gschwumma wiar a Forelln;
Heind liegg in Schotn da weißi Reif,
Afn Hoada ka Blatl, olli Halm star und steif,
Va da Biachn wahn Bläta dahe
Wiar a rota Schnee,
Hintern gelbn Lärchnbam duckt sih d Sunn,
Und Eiszäpfn hänkn ban Brunn.
Pfüat dih Gott, liaba Wold, ih muaß dih valossn,
Wia trauri, wia trauri bin ih!
Af olln Wegn und Strossn,
Gehts ma guat oda schlecht, wiar ih denkn af dih.
D Welt is hort. In Plog und Streit
Wiar ih denkn da stilln Sumerszeit:
D Vögerla singen, die Blüahnblatla fliagn,
Ih derf rostn in deina süassn Wiagn.
D Welt is weit und broat
Und hot a mächtischöns Kload,
Oba da blow Himmel vazuckt mih,
s groß Mür dadruckt mih;
s endlos Weiti loßt mih ewi suachn und irrn;
Du, mei Wold, host Rua und Rost,
Host Lobnuß und Trost,
Und legst dei küahli Kron um mei hoassi Stirn.
s Weltelend deckst ma zua mit dein grean Schloar,
Wia ma s schlofend Kind behüatn mog

Vorn brinnendn Tog,
Aft blüahst und musizierst mar a Himmelreich vor
Und mei göttlicha Herr,
Den ih in da Welt nit find mehr,
In stilln Wold kimbb er mar entgegn,
Die sunngulden Wipfel schweign,
A süaß Zittern is in olln Zweign –
Er streckt seini Händ aus und gibb mar in Segn.
Donk da Gott, liaba Wold, für oll Freundschoft und Guat!
Will fleißi betn, daß dar da Winta nix tuat,
Kan Stombruch da Sturm, kan Ostbruch da Schnee,
Die Kältn ka Weh.
Und in da liabn Christnocht,
Wo olls in Jubel und Freudn wocht,
Wo himmlischa Sunnschein in d Erdnacht follt,
Do spir ih mih ins Stüberl ein,
Und denk af mein
Stilln Tannenwold.
Host a Bamerl, an übrigs, tua ma s roachn,
Liaba as olli Gobn,
De ih va da Welt kon hobn,
Is ma va dir a Zoachn.
Und in Früahjohr, wan ih welch und mott
Wiada kim aus da stoanan Stodt,
Gelt, sa winkst ma wieda freundlih zua!
Und wan ih neamameh kim, sa frogst
Ah weita nit. A kloans Wipferl noagst und sogst:
Gott schenk n die ewi Rua!
Leicht steht afs Johr, wan d Recherla grosn,
Untan zwiefladn Feichtnbam duat,
Wo heuer mei Herz hot bluat't,
A rots Röserl afn Wosn.
Und untern Forchnbam,
Wo ih trambb hon oft mächti mein glückselign Tram,

Leicht fledrazt a Folta zan Bleamerl, zan süaßn –
Ih loß n grüaßn.
Leicht singg afs Johr af da nämlichn Stell,
Wo ih heuer vor Freudn gjuchazt hon hell,
A lustigs Lercherl in Morgnrot.
Schau, won ah s Blatl von Bam ohfollt,
Blüah wieda, du liaba, du stilla Wold –
Und pfüat dih Gott!

Grüaß dih Gott, liaba Wold!

Grüaß dih Gott, liaba Wold, hiaz bin ih wieda do!
Stehst noh af dein Fleck, af dein oltn? Holt jo.
Wiar er winkt! Oba Wold, wos is dir übafohrn?
Du bist meina Seel! völli schwindsüchti worn!
Wo ih fert untan Schotn in da süaßn grean Nocht
Frei wiar in an Tempel mein Ondocht vulbrocht,
Sein d Wänd und olli Dacha vulla Luckan heint,
Und d Sunn, wia s da durch olli Glieda scheint! –
»Jo freilih«, sogg da Wold, »ih bin holt recht kronk,
Ih krankl und stirb an der Menschn Donk.
Oba, daß ma hiaz doh vo wos ondern redn,
Wo bist dan du, Freund, üban Winta gwen?« –
»In da Fremd bin ih gwen, in da Stodt, in da grossn,
Hon d Welt wieda gsechn, hon s Lebn wieda gnossn,
s is dena wul schön! Und wan mas betrocht't,
Wia weit as s da menschlichi Geist scha hot brocht!« –
»Wans dih gfreut!« sogg da Wold, »oba däs konst erfohrn:
Deini Wangla sein daußtn nit dicka worn.
A Wangerl a rots und an Äugerl a klors
Host ghobb, wias d bist fuatzogn in Hirbst vorign Johrs,
Und heint kimst ma für wiar a Bloam ba da Nocht,
Wiar a Blia noch n Reif, wiar an ausbrenta Docht,

Wiar an Aug ohni Glanz, wiar a Herz ohni Bluat,
Wiar a Sterbn ohni Load, wiar a Lebn ohni Muat.
Ih bit dih schön, sogs, wos is dir übafohrn,
Daß d bist sid n Winter a Hascherl worn?
In da Welt, moanst, host glebb, und däs sogg jo schon olls,
Und hiazt kimst olßa kronker und follst mar um an Hols.
Und ban Wold, den da Mensch zan an Krüppel hot gschlogn,
Suacht er wieda sei Gsundheit. Ih wills nit vasogn.
Geh nur her und vagiß af dei sauberi Welt,
Und schau amol hin üba s bloamadi Feld;
Und leg dih afs Mias und trink va da Quelln;
Untaholt dih ban Boch mit Forelln und Libelln,
Und luag, wos in Bamwipfeln d Vögerla treibn,
Und schau, wos die Blitzstrohln afs Wulknblot schreibn,
Und lous a in Strumwind ban Orgelspiel zua,
Und gun da dein Kopf doh a kloans wenk Rua,
Und loß in Geist Geist sein, da Geist is a Gspenst,
A Gspenst is da Geist, wans d n nenst und nit kenst!
Denk liaber af dei Seel und in Wold und Flur,
Schenk ihr wieda frisch Luft und n Friedn da Natur.
Aft wirst wieda gsund, aft wirst wieda jung,
Und däs Lebn, es kriagg wieda frischn Schwung.
Af Füassn, de afn grean Wosn stehn,
Kon nit leicht in Jomer a Herz vagehn;
In Augnan, de zan blown Himmel schaun,
Lebb Liab und Glück und Gottvatraun.
Wer an Kern hot in eahm und ols Mensch kimbb zu mir,
Der wird, ih vahoffs, ah in Wold ka wilds Tier.
Nit durch Wildnis, o Mensch, vastehs wul mit Fleiß,
Durchn Wold führt dei Steig zan Poradeis!«

Da Baur ohni Bam

In Woldvawiastern zan an Onhängsl

Däs Glachta, wans ghert hets, vorgestern am Obn,
A Gschichtl ha ih auspocht, ees wißts, von sen Schwobn,
Der hoch afn Bam hot ohgschnidn an Ost,
Af den er is gsessn, bis er nochgibb und loßt
In Schwobn owapirzln von Bam; ja do hobn
S n ausglocht, die Baurn, in sen Schwobn.
Wos gibbs dan do zlochn, meini Leut fohr i drein,
Ees schneidts jo do selba johraus und johrein
Am Ost, af den s sitzts, hoch obn afn Bam.
Jo, soggs ma, hilft enk dan ka Mensch aus n Tram?
Da Bam is da Bodn, auf den s ongsessn seids,
Der Ost is da Wold, va den s Schutz und Schirm heits.
Wiar a Lampel sei Wul, wiar a Birnbam seini Bladla,
Wiar a Kindl seini Windl, wiar a Ähern ihri Gradla,
Wiar a Nussn ihr Scholn, wiar a Kaiberl sei Hold,
Sa nöti braucht da Baur in grean Wold.
Ees seids wiar a Kindl, däs d Windl weckschmeißt,
Wiar a Lampel, däs Wul va sei oagnan Leib beißt,
Wiar a Kern ohni Scholn, wiar a Zweig ohni Birn,
Wiar a Bam ohni Wipfel, wiar a Kopf ohni Hirn,
Wiar a Bier ohni Foam, wiar a Milch ohni Rahm,
Wiar a Vogl ohni Federn is da Baur ohni Bam.
Jo, s Woldvaderbn ligg enk in Bluat sid da Zeit,
Wo da Baur noh sei Ackerl aus der Wildnuß hot greut't.
Aus da Wildnuß heraus, in die Wildnuß hinein,
Jo, muaß dan däs, Baurn, enka Reutwirtschaft sein?
s is scha wohr, daß wegn Steurzohln in Wold miaßts ongehn,
Ees liassads n ah ohni Steurzohln nit stehn.
s Woldvaderbn, s Woldvaderbn ligg enk in Bluat,
Sa long, daß s an Bam sechts stehn, tuats enk ka guat,

Der oani hockt s Pech weck, der ondri in Schopf,
Da dritti gor d Äst und da vierti in Kopf,
Und wan eppa der ormi hiaz noh nit möcht sterbn,
Sa deckn s n d Wurzn auf za sein Verderbn.
Ha, d Sun, de mog senga, da Strum, der mog tobn,
Und d Erdlahn kon rutschn und s Wildwossa grobn,
Und wan scha gleih gor da schworz Höllteufel kam,
Schon olls is n liaber, in Baurn, wiar a Bam.
A Baur, der sein Wold vatuat, kimmb ma grod fir,
Ih muaß s aufrichti sogn, scha nit onderst as wiar
A Bua, der sein Buschn von Huat owareißt,
Wiar a Dirndl, däs gor ihr greans Kranzerl weckschmeißt,
Wiar a Mensch, der sei Joppn, sei Hosn vakafft,
Und hell muadanokad afn Berg umalafft.
A Berg ohni Wold und a Strauß ohni Blia,
Und a Baur ohni Bam, däs taugg amol nia.
Is er ohghulzt, da Grund, aft vakaffad er n gern,
Von Berg will er fuat und a Herr will er wern.
Däs taugg amol nia, Baur, vasteh mih doh recht:
In Wold bist da Herr, afn Schlog bist da Knecht,
Und schleppn s da dein leßtn Bam heint davon,
Brich an Steckn von Zaun — bist a Bedlmon.

Olmglüahn

Ban Tog is s liacht,
Daß ma grechn z viel siacht:
Nit s Röserl alloan,
Ah die Dorn und die Stoan!
Und will ma zan Himelreich
s Aug richtn frei,
So möchts oan die neidi Sun
Ausbeißn gleih!
In da Nocht is ka Ziel,
Is jo d Welt mäuserlstill,
Und zuadeckt is s grod,
Daß ma moant, sie war tot!
Oba d Stern sein noh schön,
— Wiar ih s onschau mit Rua,
Schickt da Boandlbua sein Bruadan,
Druckt ma d Äugala zua!
Und doh gibts a Zeit,
Wo ih gsiach, wos mih gfreut:
Won da Stoanfelsn blüaht
Und in Liab und Load glüaht.
Jo, däs is s recht Liacht,
Leucht't mar aussi in d Fern;
Leucht't mar auffi zan Herrn,
Daß ih seli möcht wern!

Der Omashaufn

Ih schau an Omashaufn zua,
Do wuaslns her und hin und her,
Und trogn und schiabn und ziachn toans,
Und laufn üba kreuz und quer.
Die Großn tretn auf die Kloan
Und nehman eahna d Spliterln oh;
Und nocha raffn s selba drum,
Und gebn ka Rua in gonzn Tog.
Mir kosts an Rucka mit n Fuaß,
Und znichti is däs gonzi Nest;
Und Trüma liegn da weit und broat,
Und olles ist umsunsten gwest.
An Omashaufn is ah d Welt,
Es schaut an ondra zua den Gwuaß;
Und wird eahm s Unrecht endlih zviel,
So kosts an Rucka mit n Fuaß! –

s Pfeiferl

Won ih gor nix meh hon und won ih noh sa schlecht steah,
Mei Pfeiferl, mei kloans, gib ih doh noh nit hea.
Däs russige Zeugl, däs hon ih so gern,
Daß ih – wan ih s valuisad – frei narisch kunt wern.
Da drein steckn Gschichtn und Mahrla basom,
Ma moant, s is a Wuna, daß s Plotz olli hobn. –
Do setz ih mih z Nochts, wan s Feirobnd schon is,
Auf s Bankl, doscht untn ba da Zellerawies.
Aft ziach ih mei Pfeiferl holt aussa von Sock,
Und uma von Bubl mein Beutl Tabok.
No stopf ih s holt on; und hiazt muaß ih noh suachn
In Säckl an Stoan und an Schwom von a Buachn.
Hiazt brent s scha! A holt jo, mehr will ih nit sogn!
Ih moch mih kamodt auf mein hülzernan Schrogn.
Aft zutzl ihs holt aussa; und mitn in Rach,
Do siach ih holt ollahand Goglwer gach. –
Wiar ih s Nanerl zan erstnmal gsechn hon in Wold
Vor fünfasechzg Jahrl – bin do scha stoanolt! –
Vor dreißg hobn s mas aussitrogn, d Nanerl, – uh mein! –
Hiazt liegt in ihrn Grob schon wer ondera drein. –
Die Töchter sein groß worn – und kehr um ma d Hond
Hot an jadi a Körberl vull Kina banond.
So blowaugad woarn s und so herzi, de Fratzl,
Ih moan, ih siach s noh do, die Kundl, in Natzl.
– Vaflixta Tabok, kimst von Ungarlond he,
Wia konst du s wissn, wia s ghoaßn hobn, de? –
Und schau, wia däs Wölkerl hiazt steigt und vageht,
Sein s olli vagonga , liegn unta da Erd!
Nur ih bin noh zruck bliebn alloan af da Welt.
Hon nix wia mei Pfeiferl, däs ma Gschichtn dazählt.

A betendi Jungfrau

D Rosnkronzbetn in Händn,
Schön hondsum, zaundür von da Gstolt,
Kniat draußn in Wold ban an Taferl
A Jungfräuerl, dreißig Johr erst olt.
Und flena tuats, wiar a kloans Kind.
D Händ holts weitmächti vanonda,
As wia wans woaß Gott wos wult fonga;
Und wiar ihr da Schwitz oba rinnt!
Orms Kind!

Sie hot holt ah wos aufn Herzn,
Und traut ihr däs Ding nit recht zsogn.
In Taferl sitzt Sankt Kulioni,
Und den will s ihr Elend holt klogn:
»Ongst is ma, s Herz gschwüllt mar on,
Ih woaß ma scho gor neama z rotn;
Du woaßt, wos a Weib nit kon grotn,
Ih bitt dih, vahilf mar an Mon!
An Mon!

Ih hät schon oan kriagt recht an saubern,
Selm, wiar ih zwoanzg Johr olt bin worn;
Ah, denk ih ma, kriag noh an Schönern,
Und hon an nit gnoma, den Norrn.
Hiazt stroft mih da Himel ah schon;
Daselbi hat gheirat af Bieber,
Und ih, o du mei Gott, bleib über.
Koan oanziga Bua und ka Mon
Schaut mih on!

Es gibt jo so viel schöni Maner,
Und grod für mih sull koana sein;

O Josses, es is zan vazweifeln,
So übableibn, däs is a Pein!
Weil ma grechn koan Zeitvatreib hot.
Und de oan na kena, toan lochn,
Pfui Teuxl, is däs a wilds Sochn!
Geh, gib mar an Mon, liaba Gott,
In da Not!

Kolt wirds, da Winta kimt umer,
Und ih hon an oanzigi Hüll;
An Mon muaß ih hobn, sist dafruis ih;
Ih muaß, und gehts aussi wias will;
Ih sog enks, sist bring ih mih um!
Ohni Mon woaß ma nix z mochn,
Gibts da ka Freud und nix z lochn.
De ledi bleibn möchtn, sein drum
Wul dum!

Ih bitt, wos ih ima kon bittn,
O heiliga Mon Kulion,
Tua du mih na doh nit valossn,
Und sei so guat, gib mar an Mon,
Sist nim ih dih selba; bins wert!
Drei Kirchfohrtn will ih varichtn,
Will fostn und ollahond Gschichtn,
A Trum Speck wird dar ah noh verehrt;
Host ghört?«

Und wia holt doh d Jungfrau so jamert,
Do sogt zan ihr Sankt Kulion:
»Du Herzerl, ihr kon da s vasprechn,
Du kriagst ah dei Lebta koan Mon;
A sölchti, wia du, is koan wert!
Ees Weiba tuats Mana just neckn,

War ih dei Mon, ih nahm an Steckn
Und der wurd dein Bugl verehrt.
Host ghört?«

Und bol d Jungfrau däs hot vanoma,
Jo do hots an Heschaza ton,
Hot gmocht noh an Gsegner, an tiafn:
»Schauts, kriag ih holt richti koan Mon!
So woaß ih holt ah, wos ih tua:
Den Manern z Trutz geh ih ins Klosta;
Und bet't s gonzi Johr Pata nosta;
So bring ih mei Lebn heili zua.
Aft is Rua.«

In Olmhiasl sei Red

Vor a por Johrn

Wos gibts doh für gspoasigi Leut af da Welt,
Do steagln s va weitn in Gamsgebirg zua,
Und kraxln dar auffi und koana hot a Bix,
Und sie hobn ah ka Schwoagerin obn und ka Kua.
Und selm, wo ma nit amol d Ochsn traut z treibn,
Daß s nit eppa wolgn üba d Wond,
Und wo na die Gams und da Lämageir tonzt,
Selm obn steign de Norn umanond.
Möcht wissn, wos s hobn, möcht doh wissn, wos s toan,
Daß gor a so renen und pfnechn,
D Wänd schaun s dar on wia die Kua a neugs Tor,
Hobs leicht noh koan Stoanhaufn gsehn?
— Hau, saggrisch schöan war de Aussicht ban uns!
Ih dank schöan, zwe bleibts dan nit do?
Ees sults es probiern, wiar oan s Hobabrot schmeckt,
Und s Hulzhockn draußn in Schlo.
Ih wult, s wa schöan ebn, na ih brauchad kan Berg,
Däs war weit a besseri Aussicht für mih;
Do wochsad a Troat und ih bauad an Most,
Ih frogad an Kletzen ums Bergkraxln, ih.

Noch a por Johrn

O mei, wia Zeit und Weil vageht!
Hiazt hon ih a Häuserl auf der Ebn.
Ih gsiach koan Wold, ih gsiach koan Berg.
Mih gruit mei Lebn.

Bin gonz marod und kloan vazogt,
Ih woaß nit, wia s ma geht;

Ih gsiach koan Berg, ih gsiach koan Wold,
— s is gor so öd.

Mih zimt, ih möcht a Gamsl sein,
Ih hupfad Felsn auf und o,
Ih fraß in gonzn Olmrausch zsom,
— Mih gfreuts nit do.

Mih zimt, wan ih a Hirschl wa,
Ih lafad ztiafst in Wold hinein,
Ih trinkad aus an iada Quelln,
— s kunt lusti sein.

Auf der Ebn, do is ma d Welt viel z broat,
Und da Himel viel z hoch obn;
Hiazt kon ih ma s scha denkn, zwe s
Die Berg so lobn.

Därf ih s Dirndl liabn

Ih bin jüngst verwichn
Hin zan Pforra gschlichn:
»Därf ih s Dirndl liabn?«
»Untasteh dih nit, ba meina Seel,
Wonst as Dirndl liabst, so kimst in d Höll!«

Bin ih vull Valonga
Zu da Muada gonga:
»Därf ih s Dirndl liabn?«
»O du feiner Knob, es is noh zfrua,
Wort bis d zeiti wirst, mei liaba Bua!«

Woar in großn Nötn,
Hon ih n Vodan beten:
»Därf ih s Dirndl liabn?«
»Duners Schlagl!« schreit er in sein Zurn,
Willst mein Steckn kostn, konst es tuan!«

Wos is onzufonga?
Bin zan Herrgott gonga:
»Därf ih s Dirndl liabn?«
»Ei jo freilih«, sogt er und hot glocht,
»Wegn an Büaberl hon ih s Dirndl gmocht!«

Wos d Liab olls is

D Liab is a Rauba,
Möcht in Herzel gern sein;
Und won ma nit aufmocht,
So brichts oan holt ein.

D Liab is a Vögerl,
In Mai fliagts daher;
Tuas fonga, schau späta,
Do kimts neamamehr.

Mei Herz is a Steigerl,
Wo s Vögerl is z Haus;
Hiazt, won ih ah aufmoch,
Fliagts neamamehr aus.

D Liab is a Wasserl,
Rint unta da Bruck,
Und mei Herz is a Schifferl,
Kimt neamamehr zruck.

D Liab is a Flamerl,
Zündt weita so gern,
Und wons damit spielst,
Konst an Obrandla wern.

D Liab is a Bleamerl,
Recht guat muaßt es pflegn;
Schau, d Liab braucht a Busserl,
Wia s Bleamerl an Regen.

Und ollaweil von Dirndl

Und ollaweil von Dirndl, und ollaweil von ihr!
D Leut, de wern glaubn, ih hon sist nix in mir.
Wird s Grillerl von wispeln aufn Feld eppa miad?
Singst Vögerl nit ollaweil s nämlichi Liad?
Tuats Wasserl nit bladschln, so hiaz as wiar eh?
Tuats Winderl nit fachln in Sumer und Schnee?
Klingts Glöckerl nit heunt ah sein gestrign Klong?
Und s Bluat in mein Herzn, springts nit ollaweil sein Gong?
De stoanoltn Liada, de hobn ma ja so gern,
De gfolln uns holt ollaweil, so oft daß da ma s hörn.
Drum lossn ma s holt singen und follt uns wos ein,
So wölln ma jo ah as wia d Vögerla sein.
Nur singa recht lusti und ztiafst aus da Seel,
Und d Liab is a schöns Wort, däs gfollt da, Schotz – gel? –
Es is jo nit olles, was gsunga wird, wohr,
Sist war ih jo selba verliabt bis aufs Ohr.
Und sing ih von Busserlngebn, daß ih s gern tua,
Es is nit so gfahrli – ih kim nit dazua!

Da Schofholtabua

Schofholtabua! Schofholtabua!
Schimpfn mih d Leut; – schreits na zua!
Moants leicht, ih kon sist nix,
Weil ih schofholtn tua? –
Freilih, won d Sun tull brent,
Intan Bam liegn selm ent,
s se tuat ma freilih guat,
Wer de Soch kent.
Oba won da Sturmwind pfnaust
Und s Eis von Himel saust,
Und won da Blitz einschlogt
Daß n Tuifl graust!
Und won von Buachnwold
Gach da groß Wulf herfollt
Und nimt s foast Lamperl mit,
Und vagißt, daß ers zohlt! –
Der grawi Schlaggera
Is schon a Saggera! –
Mocht mih oba noh nit harb;
Für Sturm geits an Holtaschab;
Und für wos hät ih n Steckn ah,
Wons koan Wulf nit gab!
– Nur oan Sochn trau ih nit:
Nebn mir steht a Brentlahüt;
Won gach a Brentlerin kimt
Und nimt mih mit!
Mochn ma holt s Türl zua,
Brentln und busserln gmua; –
Moants leicht, ih kon sist nix,
Weil ih schofholtn tua?

s Loatabarn Liserl

Steht selm ban Opflbam s Loatabarn Liserl nit?
Sein wird sie s richti, scha muaß a wenk hin zan ihr:
»Dirndl, du glaubst mas nit, wos ih heut Huma hon!
Wias eppa war, Liserl, wans d miar an Apferl gabst?«
»Geh nur ins Wirtshaus, Bua, s Loatabarn Äpfel sein
Zsaur fü dih, zohnast zviel; zeiti sein s ah noh nit;
Kunst aftn Bauchweh kriagn, war ih dron schuldi noh!«
»Dirndl, se war nit schiach, grod die Saurn iß ih gern;
Hon d as jo eh scha gsogt, daß ih so dursti bin!«
»Selm war a Wossa guat, s Apferl tat n Mogn onblahn.«
»Geist ma selm ah noh koans, wan ih dir a Busserl gib?«
»Woat a wenk, paß a wenk, wast jo viel zschön fü mih;
Tast mih na foppn du, wullst aft nix hörn va mir!« –
»Jessas, wos laufst dan so, Liserl, wos renst dan so!
Moanst, ih dawisch dih nit? Gilts wos, ban Ongazaun
Hon ih dih; aft kimst ma neamer aus! – Teuxelsdirn!«
Wia s üban Brond oi gumpt, üba d Stöck übi hupft! –
»Foll nit, und zreiß dar in Stenggan dei Kiderl nit;
Kunst wos valuisn sist.« – Hon s hiazt scha ghobt banah,
Wirfts mih über a Wurzn hin, daß ih schön gmägazt hon.
Wo is dan hin daweil; rots, wo is s hin daweil?
Eini in s Gresser is s! – Do schauts her, do schauts her!
Ih heb mein Huat und mein ausbeutelts Pfeiferl auf,
No, und aft los ih holt. – Hör wada nix von ihr.
»Liserl, wo bist dan hiazt? Meld dih, ih tua da nix!«
Moants, däs vafluxti Mentsch gab mar Ontwort drauf? –
Dä holt dih schön für n Norrn! denk ih ma – los a mol! –
Host es nit ghört, wia s in Dicka drein greispelt hot? –
Ah, sie is doh noh do. »Woat na, dih kriag ih noh!« –
Wiar ih ins Gresser einschliaf und scha toppn will,
Fluxti, is s Mensch auf der oan Seitn aussigwen.
Hon nit gschwind nochhi mögn, s Graß hot ma s Gsicht dakralt,

Aft, wiar ih aussi kim, is sie schon int a Weil!
Ih in oan Teufl na noch, »und expressi nit
kimst ma du aus und sist hoaß ih noh Baschtl, ih!«
Na, s wa lacht doh a Schond, wans mar in Springa noh
Zbös wurd, däs kurzhaxad Weibmentsch, däs bungadi! —
Hiazt kimt s zan Boch schon oi — »selm most nit iwi, gelt?
Nu gehts da schlecht amol, wird da nix helfn meh!
Most daschrein ah neamt, weil s Wossa rauscht. Schau, daß d a
Fischl fongst, hinta da Hetschnstaudn boch ma s ins.«
— Auweh, scha wieda Pech, just muaß s a Stong dasechn;
Hupft damit iwi, daß s Kiderl fluigt. — Hät mögn ins
Wossa schaun, wo nit a Frosch intas Waserl schlupft. —
»Liserl, geh, d Stong kuntst ma gor so leicht übra gebn.« —
Hot sie s nit ghört, oda will sie s a so nit toan?
Bleibt ma nix über, ih muaß scha durchs Bachl fliagn.
»Oba zwegn den kimst ma doh nit aus. Ren nur in
Dorf nit zua; s Fleischhocka Hund geht heunt ledi, du
Kenst däs vahöllti Vieh, s Kiderl wa gleih herint!« —
Grod muaß s do eini mitn da Gossn lauft s!
»Moanst, ih bleib hint va dir? D Leut loß ih redn und ren
Dir noch!« — Hiazt wunad s in Kirchplotz lacht ah noh ein!
Je, ba da Kirchtür is s einigschlupft, däs is gscheit,
»Fong ih s holt diner o!« — Schauts, und wiar ih einikim,
Kniat s ban Oldarl — selm woat s auf mih — locht a wenk.
Ih na gschwind zuwikniat, s togazt ma s Herz a so;
Fong s ba da Hond schon und gach steht da Pforra do.
Ih sog jo, sie sogt jo, da Pforra geit n Segn dazu, —
Hon gmoant, ih hon d Liserl gfongt, daweil hot mih sie
dawischt.

Olti Liab

»Geh, Monerl, geh in Gottesnom,
Do host an Weichbrun, moch a Kreuz!
Do nim dei Rachzeug, steck dar s zsom,
Und s Griasbeil, selm in Winkl leits;
Do gib ih dir a Busserl mit,
Däs deant da guat und bschützt dein Lebn;
Gib obacht drauf, valuis ma s nit,
Wanst hoamkimst muaßt ma s wieda gebn.«

A stoanolts Muaderl, däs so sogt
Zan oltn Vodan, geht er aus.
Sie schaut n noch, so longs n siacht,
Und lacherlad steigts zruck ins Haus.
Um Gotteswilln, wos muaß däs für
A Lebn sein gwest, a Glück und Freud,
Wans heint enk noh va lauta Liab
Nit zhelfn wißts, ees oltn Leut!

Wan s Diandl deafad suachn

Gets, Mona, gets,
Äis moants and räids
Wias as vastets.
Däi, hoaßts, and däi,
Dos is die Recht!
– Klewa, daß s d Augn vadraht,
Mochts as scha schlechd.
Do zoags glei: die Doutzi,
Die Doutzi schauts on,
Zart d Fadschn nou noch
Und mäichd schon an Mon! –
Äis Maner, äis frali,
Wan enk oani gfold,
Äis gets as käik on,
Und in Sock hobs as bold. –
Owa mir ormi Diandla,
Wan mir i da Ghoam
A Biabl gern hobn, –
Mia gen aus, mia gen hoam,
Mia doan nix dagleichn,
Mian d Augn zan Boun schlogn,
Mian d Liab stil bigrobn
Und deafn nix sogn.
– Mian woatn, mian woatn,
Bis a selba kimp frogn . . .
Und wan oana kimp,
Der oani gedn mäichd,
Sar is s gwiß an onerer
Und selten da Recht.
Wun a seltn da Rechti,
Auf den ma hot denkt,
Und den ma sei Leib und Sel

Mad Freidn hed gschenkt.
Owa weil ma sie grimp,
s kunt da Recht nid meh kema,
Sa muaß mar af d Läißt
Ah in Unrechtn nema.
An Unglik fi zwoa!
Owar ausbleibn kunts ah,
Wan s Diandl deafad suachn,
Wou der irigi wa:
Und wan s n hed gfundn,
Deafad nema ba da Hond:
Du gfolst mar, and mogst mi,
Sa bleim ma banond. –
Ouft monigas Ehpoar
Is nid glicklar and gsäignt.
Weil s Diandl nit räidn deaf,
Wan ia da Liabsti bigäignt.

s aufgweckti Diarndl

Nit bold hot mih wos sou viel gschreckt,
Wia heint ba da Nocht sei Kloupfn.
An Buabn, der umgeht, Leut aufweckt,
Den sul ma namla schoupfn! –
Die Gluat is dämpft, die Tür fest zua,
Die Küa hobn eahna Fuada;
Ih bet mei Nochtgebet, schlof ein
Und tram va meina Muada. –
Hiaz schebert s Fenster. Ih zuck auf
Und moan, as kam a Wetta;
Do wischbelts daußt: »As gschiacht da nix,
Moch auf, ih bin dei Vetta.«
Hiaz fong ih mih zan fürchtn on
Vor seiner und vor meina;
Ih hon an gern zan narraschwern,
Drum loß ih n heint nit eina.
Er klopft und wischbelt nouh a Weil,
Tuat süaßi Gsangla singa;
Ih sog nix mehr und s Herz will ma
Ban Fenster aussi springa.
Und weil ih gor nix meh hon gredt,
So hot er s endli lossn,
An Seufza mocht er nouh und geht
Stad weita noch da Stroßn.
Ih drah mih um, ih setz mih auf,
Ih geh zan Fensta lousn;
s is still wia in der ewign Rua,
Na d Herdgluat tuat nouh glousn.
Mir dougazt s Bluat, mir siadt mei Koupf,
Der Mensch, der gibb ma z schoffn! –
O Goud, de Nocht vagiß ih nit! –
– – Und hät scha sou guat gschlofn!

Gäistern gor spot af d Nocht

Gäistern gor spot af d Nocht
Hon ih s douh endla gwogt,
Du host nouh trutzt.
Hon ba dein Fensterl kloukt,
Hon dih a Stund long glouckt,
Hot ma nix gnutzt.

Hon wieda fuat müan gehn,
Bleib ba da Kuadirn stehn
Vor ihrer Tür.
De is gleih aufgong lind,
Ih aus n koltn Wind
Eini zan ihr.

Heint spout s mih aus und locht
Weil s mih zan Foll hot brocht,
Long hot s scha plongg.
Daß ih mit dir gehn mecht,
War ihr scha long nit recht,
Drum hot s mih gfongg.

Ih bin hiaz gonz vazogg,
Wanst nur a Wort häst gsogg,
War ih ba dir.
Daß ih da brouchn hät,
Wos ih vasprouchn hät,
Holtst ma heint für.

Wedanocht

Mäicht a wenk fensterln gehn,
Heint steht da Maun sa schen,
Vul is er ah.
Däikn an zwor d Wulkan zua,
Oba mir geits ka Rua,
s Herz is ma schwa.
D Luft is sa low und lind,
Gach zuckt da Wedawind,
s Nachtl is triab.
d Fiaß sein sa federlgring,
Daß ih wiar a Reherl spring,
— Heint plogg mih d Liab.
D Liab wiar a Vögerl is,
Bis s ba da Regerl is
Wischbelts ihr vor;
Hupft af an Ästl hin,
Baut a woachs Nestl in
Ihrn schworzn Hoar.
d Wedanocht blitzt und scheint,
Wiar ih mih gfrei af heint!
Wiar ih mih fircht!
Hergoud, ih bitt dih frei,
Hilf und behiat uns treu,
Daß heint nix gschiacht!

Der Ehstreit

Nahst Suntas af d Nocht, wiar ih hoamkim va da Vespa,
Hobn ih und mei Weib holt wiederamol saggerisch zeng ghobt.
Scha gschultn und ohtümelt hobn ma, daß d Fensta hobn
gschepert,
Und olls hobn mar oanonda ghoaßn, na Guats nix.

Onhebn, vasteht sih, onhebn tuat sie, sa frogts mih zerst hanti:
Zwegn wos ih nit hoamgang? Sog ih drauf: »Do bin ih,
Na, daß ih ban Kreuzwirt a Seidl hon trunkn.
Schau her do, ih hon dar a Glasl vul mitbrocht.
s Flaschl, wans lar is, wird zruckgschickt.« – Aft sie drauf:
»Ih bin da z schlecht, daß d mih mitnimst ins Wirtshaus, ih
brauch a dein Wein nit!«
Und schupft ma mei Flaschl üban Tisch her, daß s drahdlt,
Dafongs mit boad Händn zan Glück, sist kunt ih no s Glos
zohln.
»Wanst du n nit mogst«, sog ih, »sa trink n holt ih aus«,
Und denk ba mir selba: Lipp, harbn tuast dih nit heint,
s wa schod um an Sunta, bin heint grod guat aufglegt,
A Stund, de von Himel follt, muaß mar oan guna.
Ih setz mih zan Flaschl und trink und sog: »Olti, geh kost n,
Ih hon dar oan einschenkn lossn von Bessern.«
Do mochts dar an Wachla: »Hiaz leck da dein Wein afn Fletz
zsom!«
Und bet't mar a Heilignledanei, schon a kuriosi!

Nau ih lous schön ondächti zua und denk: Lippl,
Sei stondhoft und harbn tuast dih nit heint!
Af oan Odn viel sogts, mei Weibl, däs kon sie,
Ghörts her oder nit, hots an Grund oda nit, is ihr oan Soch.
Und wia sie s hiaz wohrnimt, daß ih mih heint nit harb,
Da harbt sie sih noh mehr. Und wiar ih s dakenn, däs,

Daß sie sih so harbn tuat, wil ih mih heint nit harb,
Do kim ih mih ah zharbn. – Aufspring ih schichti
Und hau mit da Faust, daß die Tischplottn schepert:
»Still bist, du Hausdrock!«

Af de Red hot s gwort't ghobt, und hiaz hebts erst recht on,
Kan oanzigs guats Hoar loßt s an mir; bin na froh gwen,
Daß s ma s nit gor mit da Hond nimt. Hiaz hebts mih,
Und ih, wan ih in Zorn kim – as gschiacht zwor nit oft däs –
Oba won ih in Zorn kim, do ken ih mih selm nit!
Frei d Welt möcht ih zreißn za Fetzn, in Himel za Scherbn zschlogn.
In Rocksock vagrobn muaß ih d Fäust, daß s ma nit ausfohrn,
Oba s Maul hot zan Unglück koan Beiskorb und laßt sih nit bändign,
Und wia s ah sist faul is, mei Papn, wans gscheitaweis redn sul,
In Zorn findt s akrat die schneidenstn Wort und die gspitztn,
Und wuhl tuat oan däs, wiar a Labtrund in Heumahd,
Wan ma gspürt, wia s grob Redn in Weib tiaf ins Herz geht. –
Wiar oft hon ih s betn in Güatn: »Mei Mirzl, du kenst mih,
Geh, roaz mih nit on zviel, as kunt sist wos gschehn gach,
Däs zeitlih und ewi unsa Vaderbn wa!
Schau, du bist guat sist und ih moan da s recht, Weib,
Und wir mih scha zsomnehmer ah, daß ih nit grob kim,
Woaßt wul, da Gachzorn is s Hagerl, ba den oan da Teufel in d Höll reißt.«
Jo, recht hät ih eh, moants, s wa wohr, moants, sie wult sih scha hüatn;
Und holst mih und herzt mih und woaß sih vor Gernhobn nit z helfn.
Und kaum, daß ihr wos übers Leberl lafft, tuat sie s holt wieder
Und moblt und stänkt und roazt mih so lang, bis ih in d Hitz kim. –

A so is s ah gwen in den Sunta. Und wiar ih scha wild bin
Und sie a schlechts Leut hoaß, a Bißgurn und gor noh wos irgers,
Und ihr glei olli Teufl und Tod afn Hols fluach,
Do ren ih davon und aussi in Wold, daß s moan sult,
Ih kunt ma wos ontoan. –
Ober ih denk ma däs: Wen s Weib so viel ontuat,
Der braucht eahm selba nix onztoan.
Die giftign Redn, de sie ma hot zuagschrian,
Hobn mih freilih ah gschmerzt, oba long mehra weh toan
Hobn mir die zentnschwarn Wort, de ih zan ihr gsogt hon. –
So kim ih in Wold, do is s stad, as wird nachti,
Ih setz mih af an Stoan, stem in Elbogn afs Knia,
Da Kopf is ma schwar und glüathoaß und will rostn.
Die Bam reckn kuhlschworzi Wipfl gegn Himel, wo d Stern stehn,
s is ruasum in Wold, weit unten in Grobn rauscht a Wossa. –
Und wiar ih so hintram und obn üban Himel a Sternreispn ohfliagt,
Do kimts mar in Sinn: Af da Welt, wia s dan sein muaß,
Daß Leut, die sih gernhobn, oanonda so bitterli kränkn!
Wia long wird s dan daurn, liegt oans von uns zwa in da Truchn,
Noh feucht af da Wong, untan zuadrucktn Augnan,
Da Mund ewi stum, d Händ übas Kreuz afn Herzn . . .
Tot wiar a Stoan und da schreiendi Schmerz kons neamameh weckn.
D Leut gehn da zua, schauns noh on, trogn da s weck aus n Haus,
Senkns ins Grob und schorn zua und gehn eahnan Gschäft noch
Und du stehst alloan do und schaust daschrockn in Umkroas.
Da liabasti Mensch af da Welt is vaschwundn.
Vaschwundn auf Erd, du konst ruachn und suachn

Mit bluatign Füaßn und Herzn – wirst n neamameh findn. –
Frei d Augn woanst da blind, und die bitterstn Tropfn,
De kost der Gedonkn, wiar oft und wia tiaf daß du n host weh
ton. –

A so is s ma kema, die Brust hots ma zsomgschnürt,
Steh auf und laf hoamzua, sa schnell, daß mih d Füaß trogn,
Wia wa s, wans scha spot wa! –
Ums Haus is schon olls in da Rua, ih lous ban ihrn Stübel,
As is war, as wia wan wer still ban eahm woan tat.
Stad schleich ih ins Stübel; sie leid in ihrn Bett und mocht d
Augn zua.
Ih schau s aweil on, go long schau ihs on
Und denk: Wia du so blaß bist und orm bist, mei Weib.
Du konst jo nit ondersta sein, wia du bist,
Und muaßt destwegn do so viel leidn.
Nur oanmol noh wia ma munta, wos heint is gwest, wird nit
meh gschechn.
Do is s mar in Tram, as wia wan ban Herzn a Stoan lag. –
Wiar ih munta bin worn, is s togliacht; mei Weib is schon
aufgwen,
Mocht s Fuir afn Herd und hoazt mit an Zündspon in Ofn.
Do nimm ih an Onlauf und sog: »Du, Mirzl, geh, roach ma mei
Pfeiferl,
Ih rach mar oans on heint.«
»Host recht, Lippl«, sogt s ma
Mit freundlicha Stim, daß mih zimt, ih muaß jauzn.
Sie bringt ma mei Pfeiferl und bringt va da Herdgluat
A rotglüadis Köhlerl; ih paff und sie blost und aft
Lochn mar uns on – und draußtn hot d Sunn gscheint,
Und olls, scha gor olls is wieda guat gwest.

s gstorbn Dirndl

s is schod um den Mon,
Daß er hiazt sa weit kumt,
s is schod um eahm, daß er
Sih gor so valumpt.

Wos woar däs für a sporsuma,
Fleißiga Bua!
So hondsum und einzogn
Wia der woar, sein s klua.

A Dirndl hot er gern ghobt,
Däs hotn vadorbn.
Wia so den? So brav woar s!
Jo mei, s is n gstorbn.

Nur des häts nit toan suln,
Däs hot n so kränkt,
Daß er nix mehr, als wiar
Af s gstorbn Dirndl hot denkt.

D Leut hobn eahm s guat gmoant,
Hobn an d Hond druckt und tröst,
Hobn an onderi zuagführt,
Hobn an ausglocht af d Letzt.

»Hobts s scha recht, locht s na zua,
Enk hot s nit troffn.
An Wein her, ees Saggera!
Heint wird noh gsoffn.«

Wird gsoffn, bis daß er
In Stroßngrobn sinkt.

Ka Lumperl, mit den
Er nit Bruadaschoft trinkt.

Und so flott hot er s triebn
Und so weit hot er s brocht,
Bis er z letzt mit n Bedlmon
Bruadaschoft mocht.

Jo, d Liab kimt von Gott,
Wird sie z groß, hot s a Not.
s se Dirndl is gstorbn,
Und da Bua is vadorbn.

In Franzl sei Christbam

Da Stoanschloga Franzl,
Ees kents n leicht schon,
Er hoaßt in gonz Gmoandorf
Da kinaschi Mon.
A Herz, as wiar a Kind,
Und an Kopf as wiar a Greis,
Und nit ganz umsist
Is sei Schopf schneewerlweiß.
A budawoachs Gmüat
Is a himlischi Gnod;
Oba donkn sull Gott,
Der an eisnfests hot.
Da Franzl hot s gspürt,
Wia s Herzel hot zuckt,
De wundaschöan Welt
Hot oft saggrisch druckt. –
Gottsnom, s is vabei,
Er wult s olls gern datrogn,
Wult s gollbitta Schicksol
Derawegn nit vaklogn;
No s Weib sul noh lebn! . . .
– Jo, däs glaub ih gern!
Däs kunt oft an onderer
Ah leicht begehrn.
Freilih, wia du
Af dei Weibl noh denkst,
Wern nit gor viel sein,
Sie schloft scha längst. –
Und wan s a gleih schloft,
Sie lebt in sein Gmüat,
Und wird lebn doscht, sa long
Treu Gedenken blüat. –

Die Christnocht kimt zuwa,
Da Pfora lodt ein
In Franzl für n Obnd
Zan an kloan Glaserl Wein.
A Kletznbrot kunt er leicht
Ah noh vatrogn;
Oda wult er mithelfn
Ban Nußnaufschlogn. –
A Pfeiferl Tabak,
A Gspielerl in Ehrn
Hot da Stoanschloga Franzl
Sist rechtschoffn gern.
Oba heind loßt er donkn,
Er gang glei in s Bett; –
Wos er ober in Sin hot,
Däs sogt er net.
Af d Nochtin da Finsta
Schleicht er fuat va sein Haus,
Schleicht still wiar a Mäuserl
Gegn an Freithof hinaus.
Doscht steht auf ihren Grob
A greans Bamerl kloan,
Däs hat er ihr gsetzt
Gstot an Marmelstoan.
Und däs lebt und däs hebt
Aus der Erd wieda s Lebn,
Und a so muaß s an Urständ
Af da Welt wieda gebn. –
Und hiaz steht er do
Afn Grob, der olt Mon,
Und zündt helli Liachtler
Afn Tanenbam on.
Die Gloggen hobn klungen
Zu da Christnocht in Tol,

Und olli Sterndl hobn gfunkelt
Von himlischn Sool.
Und s Bamerl hat bruna
So friedlih und rein,
Und die Grobkreuz sein gstondn
In guldenen Schein.
Und da Franzl sitzt do,
Es is n so lind,
So vagnüaglih und froh
Wiar an unschuldin Kind.
Gern gunt er in ondern
Ihrn Zeitvatreib
In da heilign Christnocht,
Er is ba sein Weib . . .
Und wia d Liachtla valoschn sein
Afn grean Zweig,
Steht er auf stad und suacht
Zu sein Häuserl in Steig.

Vascherzt

Is a bluatorms Dirndl gwesn,
Däs Dirndl hon ih gern ghobt;
Is a stoanreichi Bäuerin gwesn,
Der Bäurin hon ih nochtopt.
Do hot die stoanreich Bäurin gsogt,
Sie hät sie holt scha bundn –
Will zruck drauf zu mein Dirndl gschwind,
Däs hon ih neama gfundn.
Hon gruafn mei Dirndl auf n Feld;
Auf n Feld hobn die Grilln plauscht.
Hon gruafn mei Dirndl draußt in Wold;
In Wold hobn die Bam grauscht.
Hon gruafn mei Dirndl auf da Hoad;
Auf da Hoad schreit a Reh.
Hon über n See gschrian: Dirndl, wo bist? –
Totnstill woar da See.

In da Muader ihrn Gortn

Da Kranzeltog, der is vabei,
die Dirndla stehn do noch da Reih,
Und iadi schaut, ob ihr Bua kimt,
Daß er sie ins Wirtshaus mitnimmt,
Und er ihr a Tanzl aufpflonzt,
Und er ihr s grean Kranzl ohtonzt.
A so is s der Brauch in den Tog;
Jo, s Kranzl steht guat – gor ka Frog –
Gleiwul is oft monchi betriabt,
Daß wan sie ka frischa Bua liabt,
Und koana sa nohand ihr ruckt,
As bis s gonzi Kranzerl is zdruckt.
ja – s Busseln und s Holsn is siaß,
Und wer s noh nit woaß, der probiers.
Nura namla da Nochgschmock – mein Oad,
Der bringt oft viel Elend und Load. –
Paßts auf, wie sih s Dirndl benimt,
Wan wieda da Kranzltog kimt.
Wul aus n grean Kranzerl is worn
A Kron mit viel Nesseln und Dorn. –
Grod so a Dirndl ken ih recht guat,
Däs nit so wiar onderi tuat.
Da Kranzeltog, der is vabei,
s liab Liserl steht nit in da Reih;
Sie wort auf koan Buabn, auf koan Tonz;
Sie geht mit ihrn taufrischn Kronz
Schön gruasum zan Freidhof hinob
Und setzt sie auf da Muada ihr Grob.
Die liablichsten Bleameln zan Strauß,
De ziaht s aus n Kranzerl heraus
Und legt s auf n Wosn gor fein:
»Liab Müaderl, däs Sträußl ghört dein.

Liab Müaderl, du bist ma zwor gstorbn,
Ober mir is dei Segn nit vadorbn.
Wos du ma host gsogt, däs bleibt recht.
Mei Müaderl, dei Kind wird nit schlecht.
Wos du ma host gsogt, däs bleibt wohr,
So long, bis ih lieg auf da Bohr.« –
So sogt s und geht nocha still z Haus.
Ihr Deanstherr, der schilt s noh brav aus:
»Ah, du loßt dih sauba vaführn!
Wo bist dan hiazt gwest, schlechti Dirn?«
Sie mocht großi Äugler und moant:
»In da Muader ihrn Gortn« – und woant.

Anna von Aussee

Geh, Voda, dazähl uns
Die Gschicht va da Nanerl,
Von bravn und kreuzsaubern
Dirndl in da Wildnuß,
Und wiar aft da Prinz kimt
Und Nanerl zan Weib nimt.
So bedln die Kinda,
Da Voda sogt: Stad seids!
Ees hörts doh in Lüftn
Die Gloggan, wia s sumpan,
Gehts, gehn ma auf die Brunhech,
Ba da Tan, wo mar aussiacht
Schön owi ins Tol und
Ah eini ins Gamsgebirg,
Selm setzn mar uns nieda.
Die Gloggan hört ma schollan,
In gonzn Lond klingens,
ma woas nit, wo s läutn,
Und wos s hot z bedeutn. –
Und aftn sein s gsessn
Selm obn af da Brunhech,
Um an Vodan die Kinder
An iads schon in Olda,
Wo Liabsgschichtn hell wiar
A silbernas Hamerl
Afs bluatwormi Herz schlogn.
Nar oanzi da Hansl
Möcht liaba no Gschichtn
Va Rittern und Raubern;
Er fürcht't nix und ocht't nix,
Da Hansl is kloan,
Oba mei Gad, däs mocht nix.

Da Voda stopfts Pfeiferl,
Vasteht sih, ban Gschichtn-
Dazähln muaß ma rachn,
Sist tat oan nix einfolln.
Jo, Kinda, hebt er on aft,
Olli hundert Johr oanmol,
Wans guat geht, oda go nit,
Wirds gschechn, wos ih woaß.
Die mehrern Leut miassns
Noch Moudi und Zeit hobn;
A bsunderi Gschicht muaß
Ah bsunderi Leut hobn. –
Da Plochl, da olti,
Da Postmoasta z Aussee,
An Ehrnmon, wer n kennt hot,
Und däs ist scha viel, däs.
Ehrnmon ist Edlmon. –
In Aussee is d Welt schön,
Heint woaß ma dos long scha,
Oba vor hundert Johrn noh
Hot so wos ka Mensch gwißt.
As is ka Valoß nit
Af d Augn, de da Mensch in
Sein Kopf umtrogt, wohrla!
Schier olli Johrhundert
Gfollt eahna wos onders.
Ober ih muaß grod däs sogn:
Wos schön is, däs bleibt schön,
Sa long s nochn Sinn geht,
Der nit erst long umfrogt,
Wos do dazua d Leut sogn.
Wer viel frogt, geht weit irr.
Zan Herzn muaß a Kopf sei,
Wer s selba nit woaß, wos

N gfollt, muaß a Tropf sei.
Da Johann von Österreich,
An Ausnohm va die mehrern Leut,
Afn rechtn Fleck s Herz und
Afn rechtn in Kopf gstellt,
Wias heint noch von Prinzn
In gonzn Lond z gspürn is.
In Johann hots Wild gfolln
(is a prächtiga Schütz gwen),
Oba bessa da Wold noh;
Ah da Fisch afn Ongl,
Oba bessa da See noh.
Ah d Schwoagerin ihr Äugerl
Und s rosnrot Wangerl;
Oba bessa noch d Sungluat
Afn Dochstoaner Eisfeld.
Jo freili gibts Leut, sogn:
Wos nutzt ma da Dochstoan!
Ma kon va da Hochgluat
Jo nix owabeißn,
Nix leckn, nix spiesn.
Däs moant ah der Olmochs
Und bleibt af da Wiesn.

Und das ih dazähl hiaz,
Der Erzherzog Johann
Hot sih onkafft in Steirischn,
Vodanberg, Brondhof
Und wan er intaschussn
Af Aussee kimt, is er
Ban Postmoaster einkehrt
Do gibts glei fuat lustigi
Gsellschoft, hobn gjodlt,
Hobn ziderngschlogn, gwischbelt,

Hobn s Hockbredl gspielt ah;
In Prinzn hot s steirischi
Wesn go wulgfolln,
Hot mitton. Und won d Leut
Scha höllisch Respekt hobn
Vor n Johann, mog er s leutseli
Zoagt hobn, daß er einwendi
Grod so a Mensch is, ma kentn,
Wiar onderi ah, und zan Wendn.

Da Plochl, der olti,
Der mogn nit recht traut hobn,
Mit hochn Herrn ißt ma
Wia s hoaßt – nit gern Kerschn,
Af oanmol host a gafftnvul
Kern in da Papn. –
– Schreit hiaz da kloan Hansl:
Du, Voda, ih möcht Kerschn! –
Selm ent seht da Bam, sagt
Da Voda, kraxl auffi,
Oba zreißt ma dei Hosn,
Kriagst Wischgari wuschi! –
Af dos geht er nit ein,
Da Kloani, bleibt sitzn,
Und heint is n liaber
A Gschicht, as wia Kerschn. –
Da Voda tuat weita:
Und wia holt hiaz gach wieda
Z Aussee dos Gred geht:
Da Prinz kam, do schüaßn s
Va Freud durchanonda,
»Da Prinz kimt, da Johann,
Den mian ma wos ontoan,
Wos Schöns mian ma mochn,

Daß er woaß, wia ma n gern hobn.«
Und am Obnd, wia da Prinz von
Gebirg oa zan See steigt,
Afn Platzl, afn grean – steht
Noh heint zan Gedächtnus
A stoanani Säuln selm –
Sein s noch da Reih aufgstellt,
Die Ausseer Dirndln
In schneeweißen Gwandl.
An iads hot a Kranzerl,
A greans, afn Köpfl,
A Sträußl an iads in
Da Hond, und däs gebns eahm,
In Prinzn, und a Sprüchel
Sogt oani, daß s an Fuam hot.
Da Prinz kneifts ins Wangerl.
»Na, brav«, sogt er, »brav seids,
Und sauberi Dirndln
Schon oani wia die onder.
Oba wos is s mit der selm?«
Weil hintn ban Hullabam
Oani is gstondn, ihr
Sträußl af die Brust druckt,
Und traut sih nit fira.
Und schauts, grod da sebin
Geht er zua, da Prinz Johann.
»Und du mogst mih nit?« frogt
Er, »Dirndl, mih zimt go,
Du fürchst dih vo n Jagern!«
Wiar a Hedschapedschröserl
Sa rot wird ihr Gsichtl,
Und guckt afn Erdbodn,
Wia die Käferla lafn.
»Und derf ma s nit wissn?«

So frogts hiaz da Johann,
»Wias d hoaßt, mei liabs Schotzerl?«
Er schaut ihr afs Göscherl,
Der Ontwort wegn. – »Nanerl«,
Sogts gschami und draht sih
Af d Seitn, und woant und
Woaß selba nit, wos s hot
Vadroßn. – Do frogt er
Wen ondern, da Johann,
Wems s ghörad, däs Dirndl?
In Postmoasta z Aussee, hoaßts,
Wa däs a Töchterl. –
Da Prinz geht zan See und
Schaut nochdenkli owi
In dunkelgrean Seegrund.
Va der Zeit on hot sih
Da Prinz nit go seltn,
Wan er einkehrt ban Postwirt,
zan Leutn in d Stubn gsetzt.
Nau, d Weibaleut nahn
Oda begln und strickn,
Da Prinz woaß an iader
A freundlichi Onsproch,
Na grod za da Nanerl,
Za der sogt er go nix.
Sie denkt ihr: is ah recht,
Und hot n nit ongschaut.
Oba gach amol, wia s grod
– As schickt sih oft narasch –
Alloan sein in Stübl,
Do nimt ers ba da Hond her
Und frogts go vatraulih,
Obs eahm nit kunt guat sei?
»Schau, Nanerl«, so sogt er,

Sei Herz hot n dougazt,
»Oh, wanst ma s na glaubn kunst,
Kind, wiar ih dih gern hon.
Seit ih dih hon gsehn,
Is mar olles vasunkn!
Mei Mocht und mei Übamuat
In See tiaf datrunkn.
Vor dir, Kind, vor dir
Foll ih nieder af mei Knia,
O gwoltigi Gwolt!
Und wan da Himel einfollt,
Und wan sih d Stoanfelsn kliabn,
Dih, dih muaß ih liabn!« . . .

An Stich gibts da Nanerl,
An Stich bis ins Herz ein,
In gonzn Leib ziderts
Wiar an eingfongans Täuberl.
Oba gsogt hots ka Wort, nit
A Wörtl hots gsogt drauf.
Und eahm is dos gmua gwen.
Die Dorfdirndln kinan
Scha n a sogn, und schneidi,
Wan s oan nit leicht leidn mögn. –
Aft muaß ah, vasteht sih,
Mitn Postmoasta gredt wern;
Oba schauts, der olt Plochl
Kimt n Prinzn scha varon.
In Huat in da Hond und
Schön deamüati sogt er:
»Kaiserlih Hoheit,
Verlaubn a kloans Wörtl.
Wos sul ih ma denkn?
D Leut redn a so Sochn;

Mei Nanerl, daß ih s grod sog,
Is holt wul ka Spielzeug!«
A Michel, a groda
Wa da Plochl sei Leppa,
Und däs hot n Prinzn
Grod gfolln, na sa sogt er:
Mei liaba Herr Plochl,
Mih gfreuts, daß Ihr so redts
Und ah noh vor meina
Die Vodaspflicht festholts.
Und weils Ihr so aufrichti
Seids, will ihs a sein.
Ih laugn s nit, Enka Töchterl,
Ins Herz is s ma gwochsn.
Verontworts vor Enk und
Vorn Herrgott in Himel.«
Verontwortn? Wia däs
Dan gmoant wa? »Wia s gmoant is?
Daß Johann von Östreich
A Frau kon daholtn« . . .
Leicht glaubts ees, da Plochl
Wa hiaz aus da Haut gfohrn
Vor Hoffort und Freud
Übern Johann sein Ontwort?
Scha go nit. Na, won er
Sie gern hot und heirat't,
Wos is dan do weita?
A Prinz, daß er is, mocht
Die Gschicht zwor vazwickelt;
An Ehrnmon ober ah, wos
Die Soch wieder ausgleicht.
»Toan kaiserlih Hoheit«,
A so sogt da Plochl,
»In Schriat übalegn noh,

A pormol drauf schlofn.
Ah ih wills bedenkn.
Is d Nanerl nit obgnoagt,
— Däs Dirndl hot Flausn —
Und sein ma da Moanung,
Daß ma glücklih mit ihr wern,
Und so, wia sie s wert is,
Ah sie glücklih mochn,
So kina ma späda
Noh redn va der Sochn.«

An ausbündis Dirndl,
A reschas is d Nanerl,
Vasteht mitn Leutn
Und sist mit olln umzgehn,
Sa nimts hiaz da Johann
Af Vodanberg aussi,
Und muaß do s klug Dirndl
Sein Wirtschoftshaus vorstehn.
Hiaz is owa so wos
In Leutn nit recht gwen.
Sa schreibt aft da Plochl
Af Vodanberg aussi:
Sei Tochta sul hoamgehn,
D Leut redn und ma woaß nix!
Da Prinz hot glei zruckgschriebn.
Is recht, sie wird kema,
Nur kimts enk alloan nit.
D Leut Mäula mögn laut sein
Bis s still wern; da Bräutigon
Wird ba da Braut sein!
Hiaz hobn sie s dakent, daß
Dän richti sein Ernst is.
Do deucht gach der Nanerl,

As deafad nit sein, däs!
Von höchastn Stomen
Da Mon, und die Braut nar
An oanfältis Bürgakind!
Gonz aus wars und gfahlt wars!
Zan Unglück miads ausschlogn,
Und d Freund, wia s oll ohredn!
As sogt ah da Geistla,
Daß d Hoffort vorn Foll kam.
Und wia s oft scha sein muaß,
Hot grod um de Zeit hiaz
An Ausseer Bürger,
A bravs, hübschas Bürschl,
Um da Nanerl ihr Hond gworbn.
Uh jeß! denkt sih d Nanerl,
Do war aft af oanmol
D Gschicht aus und s Gred aus,
Und s Herz – wird scha still wern.
Da Bursch bit't um Ontwort,
Und d Nanerl hot jo gsogt. –
Mit hängandn Köpfl,
As wiar a welchs Bleamel,
Geht s nochher umanonder
Und hot sih wölln zwingan,
Ihr Büabl recht gern zhobn.
Oba s Liabn und s Betn,
Däs laßt sih nit nötn.
Und guat sein, däs wills n
Wia s Christnpflicht vorschreibt. –
Do is a Veranerung.
Ehs d Heirat noh Ernst wird
Mitn Bürgasuhn z Aussee,
Follt der in a Kronkhat,
Legt sih nieder und kon nit

Meh gsund wern. Und däs hot
Hiaz d Nanerl für an Deuta
Von Himel ongsechn.
»In Gottsnom«, sa sagts drauf,
(Die Treu, de trogt Zinsn)
»Wan er mih sa gern hot,
Ih wogs mitn Prinzn.«

Und hiaz is an ondrer,
Den s wieda nit recht is,
Neamt Gringerer richti,
Wiar in Prinzn sei Bruada,
Da Kaisa von Östreich.
Hot freilih wos dreinzredn,
Gleiwuhl ah da Johann
Scha long wa majrenn gwen.
Der will nit, da Kaiser,
Und stemt sih dagegn, daß
Sei Bruada doh oani
Von Bürgastond heirat't.
Af däs hot da Johann
In kaiserlin Herrn gsogt:
»Wan ih scha ka bürgerlich
Dirndl derf nehma,
Sa hebs holt in Odel.
Va mir kriagts in Odelmonn,
Du gibst ihr in Odelnom,
Va Gott hots ihr Odelherz,
Aft hots olls beisom.«

Ees wißts doh in Brondhof?
Er liegt in Gebirg, zwischn
Waldung und Olmen,
Von Hochschwob die Gamsn,

Von Arzbochgrobn d Hirschn,
Die schleichn zan Hof hin.
Und do in der Oanschicht
A prächtigi Wirtschoft,
Und fleißi betriebn va der —
Ausseer Nanerl.
Do klopft dar af oanmol
Herobn in stilln Olmfriedn
A seltsoma Gost on;
Und heili neamt ondrer,
Wia da Kaisa va Wean is s!
An Weanamorkt wird er
Der Nanerl hobn mitbrocht,
Und orti is er gwesn,
Na mei Gad, die hohn
Herrn kinens. Hot schön ton,
Da Nanerl, hats fein gmocht,
Ihr zuagredt: sie deafad
In Prinzn jo gern hobn,
As wurd eahns neamt wirn däs.
Nur s Heiratn sul sie sih
Frei aus n Kopf schlogn.
A sölchani Heirat, ma
Kunts wia da well legn,
Sie taugad nit, na und as
Deafad nit sein däs!
Hot guat gredt, hot greint und af
D Letzt hot er betn,
Sie möcht davon ohstehn,
As wurd nit ihr Schodn sei.
s is olls mitanonder
Umsist gwen. Wiar er ausgredt
Hot ghobt, gibt sie d Ontwort:
»Wan ih n kon beglückn,

Mein Johann, sa steh ih
Nit zruck, und ih nim an,
Und däs is mei leßts Wort.« –
Do denkt eahm da Kaisa:
Vaflixtlad! – Wia schneidi!
De gfollad mir selba!
Er nimts ba da Hond her:
Nanerl, von heint bist
Baronin von Brondhof.

Und bol drauf hobn s gheirat't,
Da Johann und d Nanerl.
A dreiazwoanzg Johr is
Sie olt gwen, und er grod
Ums doppelti älta. Däs
Mocht nix. S hobn sih
Ztot gern ghobt, und d Nanerl,
Oda wia ma hiaz sogn muaß,
D Frau Baronin, is n Prinzn
Sei Schutzengel gwesn.
Dahoam is s an oanfochi
Und liabreichi Hausfrau,
In da Stodt, wans scha sei muaß,
A fürnehmi Stodtdam,
Der gwiß neamt die Postmoasta-
Tochta mehr onkent.
Oba denkts Enk den Wuner,
In Kaisahaus z Wean hot
Da Johann sei Nanerl
Noh nit derfn aufzoagn.
Die aufbauschtn Dudln
Und Gredln, die gspreiztn,
Schaun d Frau von Prinz Johann
No ollaweil von obn on.

Bis gach amol selba
Die Kaisrin da Nanerl
A Bußl hot aufdruckt
Vor olla Leut Augnan
Und d Nanerl hot ongredt
Mit: Gräfin von Meran!
Und hiaz, däs häts sechn suln,
Wiar s oll sein ihr zuagrent,
Und gholst hobn sie s, bußt hobn sie s,
Liabasti Gräfin! hots
Ghoaßn, Gräfin hin, Gräfin her!
Daß da Prinz scha hot glocht ban
Eahm selber und denkt hot:
Ees Goggn, hiaz mögs as,
Und is um ka Haarl nit
Onderst wia ehnta. –
In Odel hots trogn, nau
As wia ma an Schmuck trogt,
Der weita mitn Wesn
Und Wondel nix z toan hot. –
Und so, meini Kinder,
Is d Anna von Aussee
Auf guldana Loata,
De sie selba hot aufbaut,
Schön still auf- und ohgstiegn.
Von Vulk bis zan Herzog
Mit guldanan Herzn,
Von Reichn zan Ormen
Mit guldanan Gobn.
Nau – hörts as nit läutn?
Ihr Leib sinkt zur Erdn,
Ihr Seel steigt zan Himmel,
Wo wieda nur Odel,
Dem Herzn entsprossn,

Der ältasti Odel!
Durchs Tor wird glossn. –
– – – – – –
A so hot da Voda
Dazählt. Und hiaz scheibt sih
Da Hanserl gach üba:
Die richtigi Gschicht va
Der Ausseer Nanerl
Was nit gwen. Wo steckt dan
Die Postmoastatochta,
De n Prinzn ols Kutscha
Vakloadt af da Stroß führt?
Sogt da Voda: Du Schlanggl!
Wans du s sa guat woaßt, sa
Dazähl da s holt selba.
Die Gschicht mitn Kutscher
Is üba und üba
Dalogn und dastunkn.
Na freili, so seins, d Leut,
Wan wo wos recht rar is,
Sa wölln s as noh rarer,
Und klampfeln a Lug zsom.
Zwe geht oan die Gschicht va der
Anna von Aussee
Dan gor a so z Herzn?
Wos is s dan sist lauta,
Wans nit die beständigi
Gwoltigi Liab is?
Ih finds gonz begreiflih,
Wan a hocher und mächtiga
Herr akrat de nimmt,
De s Herz eahm hot ausgsuacht.
Oba heldnhoft monnbor
Und rein muaß da Mensch sei,

Der s Vorurteul hinwirft,
Vor Gott und n Menschn
Sei heiligstes Recht wohrt. –
Und hiaz, Kinda, gehn ma;
As steigt scha der Obnd auf,
Die Vögerl in Wipfeln
Die Gloggan sein still worn,
Hobn s Liadl ausgsunga,
Und d Mär is vaklunga.

Die Kathreiner Kirchn

1885

Scha long hon ih gruacht: Wa na s Weder schen,
Af Kathrein mecht ih gern amol überi gehn.
Meini Füaß sein zwor schwar und da Weg, der is long,
Oba für s Haustoana Kircherl, do wog ih an Gong.
Meini Kina nim ih mit und mei Weib trogg an Zegga,
Zan Essn wos drein, und an iads hot an Stegga,
Da Kleansti in größtn; und d Nanerl, da Hons,
De flechtn untawegn aus n Lärchzweig an Kronz.
An Kronz firn Aldor, und in Kircherl trogn s n zua,
Wo da Voda is kniat als kloanwinziga Bua!
Is kniat und hot bet't, daß er in Himel find,
Und richti hot ern gfundn ba Weib und Kind. –
Mir gehn wiar a Kreuzschor bergauf und toloh,
Bis da Turmspitz übern Wold glonzt – »Hiaz sein ma do!«
Grüaß dih Gott, mei liabs Kircherl, hiaz betrocht da däs Stuck:
Aloan bin ih fuat und a Schöckl bring ih zruck.
– »Gehts, bleibbs a wenk hint, Leutl, setzts enk in Schodn«,
Sog ih za mein Schöckl, ih kon s scha nit grodn,
Laf voraus afn Foachnrigl und setz mih hin
Af an Stoan, wo ih oft sa gern gsessn bin.
Um mih afn Felsgrund weißstamladi Birchn,
Und vor mir da Freidhof, mitn afn Freidhof die Kirchn.
Af da Maur wochst da Hula, vawelcht und vabliat.
Er noagg seini Knöpfler, is mot und miad.
Von Himel brint d Sun, es is olls meiserlstill,
Ka Dröscherl hörst singen und wischbeln ka Grill.
Ka Keferl siachst lafn, ka Humel herst läutn,
So sitz ih do in da Rua – und denk auf die oltn Zeitn.
Selm, wo die Kreuzla stehn untan hoassn Sond,
In Gottes liabn Friedn liegn s hin nochanond,

Die guatn Kamerodn va vagonganen Johrn,
Vul Lust und Liab sein s durchs Erdnlebn gfohrn;
Und hiaz hobn s scha Feirobnd, koana juchazt und locht,
Koana geht meh zan Fensterl in da Somstanocht.
Scha die Grobkreuz wern morb und sinkn ein;
Sa gschwind gehts mitn Sein und Neamasein. –
In Gottsnom, sie suln schlofn; vabei is vabei.
Und ih hoaß aft gschwind meine Leutla herbei:
»Kemts, Kina, hiaz gehn mar in die Kirchn a wenk,
Und bets an Vodrunser, ih bet mit enk.«
Do kon ih wieda betn, wo in Glück und Not
Meini Voreltern bet't hobn zan unsern liabn Gott,
Wo ih s gsehn hon, wia s Christkindl in Krippel schloft,
Wia da Heilond aus n Grob steigg zur Ostanocht,
Und heili Fronleichnam. Und ban Nebnoldor
Die liab Muadagottes in Rosenflor,
Und d Sun scheint drauf nieda, die Kindheit-Sun,
O wan heint noh d Sun sa hellgulda brun! –
Loß Zeit, in dein Olta wirst wieder a Kind,
Wo die liabi Sun Gottes hellgulda brint!
Sie leucht't wek übers Grob und in Himel hinein;
Sa gschwind gehts mitn Nitsein und Wiedersein.

Mei leßti Bitt!

Gstellt d Frog, es miad sein,
Daß mei Glöckerl heint läut't,
Klopft der Herrgott af d Ochsl:
»Zan Schlofngehn Zeit!«
Und wa grod guat aufglegt,
Und sogad ma gor:
»Recht brav host dih gholtn
Dä oanasiebzg Johr.
Oan Aug hon ih zuadruckt,
Däs muaß ih da sogn!
Daß d – wos dar is gschechn –
Geduldi host trogn.
Nit eppa, daß d moanst,
Ih hät – was du host ton –
Umsunstn valongt;
Du kriagst hiazt dein Lohn.
Konst hobn a neugs Lebn,
Ah di ewigi Rua;
Na, wos da holt gfollt,
Däs sogst ma hiazt, Bua.
Schaust eh scha müad aus,
Mih wunerts ah nit,
Ih denk, du gehst schlofn,
Loßt onderi schoffn,
Host ewi an Fried.«
Af de Red von Herrgott,
Do sogad ih gleih:
»Wonst moanst, daß d ma d Wohl loßt,
So bitt ih di frei:
Siebn Johr loß mih schlofn,
Aft weck mih wieder auf,
Frisch ausgrast't moch ih gern wieda

Gonz an neugn Lauf.« –
Kunt sein, daß er locht
Und drauf ontwort't der Olt:
»Mih gfreuts, das mei Welt
Dir dah so guat gfollt.
Und hiazt tuas bidenkn,
Wos möchast dan gern?
Willst Reichtum, willst Gwolt,
Oder willst in grean Wold
A flinks Vögerl wern?«
»Mei Herrgott!« wult ih sogn,
»Do brauchts ka Bidenkn,
Das selb Lebn, dos d heunt nimst,
Däs tua ma wieda schenkn:
s kloan Kind loß mih sein,
Däs vor oanasiebzig Johrn
Hoch obn auf der Heiden
Zum Liabn und zum Leiden
Mei Muada geborn.«

Ih richt mih af an Kloanhäusla zsom

A Stodtherr bin ih gwen, gor a nobler,
An Frack und an Ongströhrn hon ih trogn,
Hobn mih Doukta gnent gor und Professer,
A Ketl hobn s ma glegg um an Krogn.
Oan Kronz um an ondern hobn s mar aufgsetzt,
Hobn gsogg, hät an klingandn Nom.
Hiaz, weil ih eahna nix as wia d Wohrheit sog,
Hiaz richt ih mih af an Kloanhäusla zsom.

Meini Gspoaß hobn s wölln hörn obn und untn,
Und s Geld is na gleih dahergflougn,
Wiar ouft hon ihs gsogg: oba Leudl,
Seids gscheid, s is olles dalougn,
Ober iberoll hobn s mih noh einglodn,
Af Wean, af Berlin, gor af Rom.
Hiaz, weil ih eahna nix as wia d Wohrheit sog,
Hiaz richt ih mih af an Kloanhäusla zsom.

Wia größer as d Lug, um so größer
Is noch und noch d Ehrung ah worn.
Wiar ih in mehrast hon glougn, bin ih gor schon
Ins Herrngschlous ein viergspani gfohrn.
Hiaz, weil ih eahna nix as wia d Wohrheit sog,
Hiaz wern meini Schimel stads lohm,
Hiaz kaf ih mar a Goas und a Fadl
Und richt mih af an Kloanhäusla zsom.

Ah so gehts nit grod mir aloani,
Da Mensch braucht ka weitläufigs Moß,
Und s ormseli Häuserl, dos kloani,
Paßts auf! Kehr um d Hond, wirds oan zgroß.
Imer oan, den die gonz Welt schier z eng is
Ols Kind von an fürnehmen Stom,
Sei leßts Gschlous is baut aus sechs Brettern,
Er richt't sih af an Kloanhäusla zsom.

A hoarti Buaß

Da Heidlgugu zo Wogelstoan traut sih schon a Weil nit zan Beichtstuhl. Sei Binggl is oanmol scha z groß worn. Und wia länga, daß er s aufschiabb, wia größer wird er ollaweih noh, da Binggl. He saxn, wan er den amol einiloachn kunt ban Beichtstuhlgader! Zizerlweis, daß da Herr Pfora nit go z laut wurd. Die Zeil hintnoch schmeckts eh gleih, wans a wenk wos hot. Is a zwideri Soch däs.

Ober sein muaß s douh wieder amol. Wia zar Ollerheilign wieder die Beichtzeit kimbb, nau, do probiert er s holt. Um a so a Beichtzeit is s zan gscheidern, do kon da Geistla sih bar oan nit long aufholtn, do gehts mehr überhabbs. Nau, sa stellt sih da Heidlgugu in die Zeil, manerseits natürla; heint hoaßts schön deamüatifrum d Augn zuamochn und nit epper umispeanzln af d Weibaleitseitn. Endla kimbb er sa weit zuwi, s Schuberl geht auf, er steckt sei Nosn ins Gaderl und bet't seini Sündn eini. Da Pfora loant sein grabn Kopf her, holts Socktüachl vors Gsicht, hört zua.

Sogn tuat er nix, loßt n duschln. Oba wiar er ausduschlt hot ghobb, da Heidlgugu, wiar er nix meh woaß, und wiar er wort't drauf, wos hiaz da Pfora wird sogn: do rigelt sih da Pfora, draht sein weißn Kopf, holt n an Lehr va wegn, daß er sa lang nit ba da Beicht war gwen. Müad eahm schon extra wos onhenkn. Nau und nochha gibb ern die Buaß auf. – Da spitzt er amol seine Ohrwaschl, der Heidlgugu. Da Pfora mocht s Kreuz und hiaz war er lousgsprochn.

»Däs is besser ohgonga, wiar ih ma denkt hon«, moant da Heidlgugu, bol er von Beichtstuhl dona woglt. Und daweil die ondern Beichtleut in d Kirchn umanonda knean, ba den Winkel a wenk, ban ondern Winkel a wenk, und eahna Buaß varichtn, steagelt da Heidlgugu ba da Kirchtür aussi und geht ins Wirtshaus.

»Wos mogst, Heidlgugu?« froggn da Lampelwirt. »Host ohglegg heint?«

»A wenk wul, a wenk.«

»Nau, is recht. Hebst holt hiaz wieder on, fleißi aufzfossn. Wos därf ih da bringa?«

»Bring ma zerst amol an Liter Wein.«

»Hau saxn! Du gehst as heint schorf on.«

»Heind wul, heind«, moant da Gugu und setzt sih schen broat zan Tisch zuchi. »An Liter Neugn trink ih.«

Und wiar er eahm in Wein schmecken loßt, der is süaß und schneidi dabei, hot noh nit amol ganz ohgjesn; und wiar er aus sein Janggasäckl a Schial Brot ziacht (sei guats Weibl denkt holt douh af olls!) und dazuabeißt, do woglt er mitn Koupf, macht a lacherlads Gsicht und sogg güati zan eahm selber: »A sölchti Buaß loß ih ma gfolln, a sölchti. Wird schon ah wos zu bedeutn hobn. Hon öfter scha ghört, in Wein lag a Gnod, in Wein. Und gor in neugn, der erst va da Gouttasnotour eina kimbb und no nix pontscht is. Gsegn Goud!« – Und trinkt mit Ondocht oan Glos ums onder und kifelt hoaßi Kästn dazua, de eahm die Kellnerin von Kirchplotz, von Kästnröster, hot einabrocht.

Nau und nochha, wiar eahm da Wirt denkt: Begieri bin ih,

ob ers ah zahln kon, sei Zech, da Heidlgugu – nimbb er d Floschn ban Hols, hebbs af d Höch und sogg: »Füll noch, Lampelwirt.«

Denkt eahm da Wirt: Nouh amol nochfülln? – Wos is dan den heind possiert, daß er an Rausch braucht? – Er bringg af dos in zweitn Liter und da Gugu sitzt still und ondächti dabei und trinkt n aus.

Wiar er nochher a Stund später – zohlt hot er propper, a jo! – ba da Tür aussi tirggelt, do wills hasn z eng wern, die Tür; und da Weg, wo sist zwen großi Heuwägn überall kinen ausweichn, in Heidlgugu wird er heind z schmol. Die Grodn is heind nit zan treffen. Varuckti Welt dos! Da Huat is n übers Gsicht oha grutscht und aftn wiar er n zruggschiabb, follt er hintn ohi af n Weg. – »Hot holt ah oan, mei Filz«, locht da Gugu hoaseri auf, »sul liegn bleibn, wo s n gfreut. Ih leg mih ah nieda.« – Unter an olter Eschn is er na gleih aso af d Erdn kugelt, is bumfest liegn bliebn und hot gschnorcht, as wia wan a Por Lanftn schobln tadn in seiner Gurgl.

Dahoam in Häuserl wort't sei Weib af eahm mit n Mittagmohl. Ohgschmolzni Bretzn hot s eahm kocht, de ißt er gern. Heint muaß mar eahms scha gunna, wos er gern hot. Ober er kimbb nit hoam. Ma woaß nit, zwe da Gugu nit hoamkimbb. Dos is jo sist nit sei Gwohnheit. Spot nochmittog legg s Weib ihr Joppn on, nimbb in Steckn und geht n suachn. Und wia s n unter der Eschn findt, weckts n auf und frogg, ob eahm wos fahlad.

»Jo freilih, damasch Koupfweh! Und sou viel übel!«

Sie steht still und schaut n an Weil on. »Du Gugu! Mih zimbb gor, du host an Rausch!«

»Jo freilih, mei Olti. Zerscht is a Rausch gwen, hiaz is s a Kotznjomer! Mei Lepper is mah nouh nia sa schlecht gwen. Auweh, auweh! Is däs a Buaß! Das hät ih nit glaubb. Sou viel Sündn begeh ih neama, däs woaß i. Auweh, auweh!«

»Oba Mensch, wia kimst dan du zar a sou an Rausch?«

»Da Pfora, mei liabs Weib, da Pfora! A sou a horti Buaß hot er mar aufgebn – a so a horti Buaß!«

»Geh, wos plauscht dan! Gsouffn host.«

»Jo freilih, mei Olti, freilih hon ih gsouffn. Weil er mas auftrogn hot.«

»Wer, da Pfora?«

»Da Pfora hot mar in Beichtstuhl a zwoa Liter neugn Wein aufgebn.«

– Wos hiaz dos wieder is! Sie kent sih nit aus. Liegn loßts ihrn Mon und laft in Pforhof zua.

»Owürn, Herr Pfora. Er lüagg so sist nit, mei Mon. Oba heind –. Do oubn unter der Eschn ligg er und hot an Eselsrausch. Afn Pfora redt er sih aus; a sou a Buaß hät er aufkriagg, sogg er.«

»Der Heidlgugu! Ja, der is heut bei der Beicht gwesn.«

»Und wos er narrisch daher redt! Ols Buaß hät eahm da Herr Pfora zwoa Liter neugn Wein aufgebn.«

»Was?« frogg da Pfora, »was hät ich ihm aufgebn?«

»Zwoa Liter, sogg mei Mon. Zwo Liter Neugn.«

Da Pfora schlogg d Händ zsomm. As wia wan er ohnmächti wurd, sinkt er in sein Ledersessel eini, schlogg nouhamol d Händ zsom, aft schreit er s laut ausser und völli woanad wird er dabei: »Zwei Litaneien hab ih gsagt!«

Da Regnschirm

Da Sama Hiasl hot an Weg über d Olm. Wiar er aussi geht ba da Tür va seiner Hüttn, steht er afn Stiagerl a weil still und schaut um und um. Gugg ins Gebirg eini, gugg af die Bam hin, gugg in d Sun, beidelt in Koupf, draht sih um, draht sih nouhamol um und gugg wieder in d Sun.

»Du, Olti«, sogg er za sein Weib, däs ba da Tür steht, wos moanst dan, kunt ih nit an Regnschirm mitnehma?«

»Wiast willst, Hiasl«, moant sie.

»Mih deucht, as wird nit ausholtn, heint. Sou viel demi. Und die Fluign! Ward hasn nit schlecht sei, wan ih n mit nim.«

»Host recht, nim an mit.«

»Oba Teuxl, da Steckn war ma zan Gehn kamouta. Wans eppa douh schön bleibb, is da Regnschirm ungschickt, vagißt ah leicht drauf und loßtn wou loan. Daß s douh nit eppa gscheida war, ih nahm in Steckn und loßad in Schirm do.«

»Sa lossn do«, sogg sie.

»Oba wons regngg! Afn gonz Weg üba d Olm ka Doch, ih wurd waschlnoß. Für a Fürsorg kunt ih n lacht douh mitnehmen, in Schirm!«

»Nau, nim an mit.«

Da Hiasl draht sih wieder amol um und um und schaut.

»War oba ah nit unmigla, daß s ausholdad!« sogg er. »As ziacht a Lüftl. Onständiga war er ma holt viel, ban Bergsteign, da Steckn. Möchts douh frei wogn, daß ihn n do lossad, in Regnschirm.«

»Nau, sa lossn do«, moant sie schon a wenk granti.

Er schaut ins Gebirg eini, wo s milchweißi Gwölk steht: »Aufsteign tuats saggerasch. Und d Sun blegazt säidi her! Scha frei z demi blegazt ma da Sun! As kimbb wos, heint! — Wan ih n douh mitnahmad!«

»Oba Goud, sa nim an mit!«

Af dos wird er wild: »Wos hoaßt dos: Nim an mit, loßn do! Nim an mit, loßn do! Däs Umziachn, amol sou, amol sou, kon ih wos nit leidn. Das s gor a so wonkelmüati mögn sei, d Weibaleut!«

Meine Lust ist Leben!

Gute Nacht, ihr Freunde,
Ach, wie lebt' ich gern!
Daß die Welt so schön ist
Dankt' ich Gott dem Herrn
Daß die Welt so schön ist
Hält mich bitter wach,
Wenn ich schlafen geh'.

Ach wie möcht' ich einmal
Noch ~~auf~~ den Bergeshöh'n,
Meine süße Heimat
Sonnenbeleuchtet sehn!
Und den Herrn erkennen
In des Himmels Näh.
Eh ich ~~[illegible]~~ schlafen geh.

Wie nun Abend sich wieder
Sanft zur Erde neigt,
Fühlt das Herz sich schwer wie immer
In die dunkle Gruft.
Meine Lust ist Leben,
Doch sein Will' geschehe,
Daß ich schlafen geh'.

Meine Lust ist leben!

Gute Nacht, ihr Freunde,
Ach, wie lebt' ich gern!
Daß die Welt so schön ist
Dankt' ich Gott dem Herrn.
Daß die Welt so schön ist
Tut mir bitter weh,
Wenn ich schlafen geh!

Ach wie möcht' ich einmal
Noch von Bergeshöh'n
Meine süße Heimat
Sonnbeleuchtet sehn!
Und den Herrn umarmen
In des Himmels Näh,
Eh' ich schlafen geh'.

Wie man abends Kinder
Ernst zu Bette ruft,
Führt der Herr mich schweigend
In die dunkle Gruft.
Meine Lust ist leben,
Doch sein Will' gescheh',
Daß ich schlafen geh'.

P.R.

Ich bin ein großer Herre!

Ich gebe mir die Ehre
Und sing' ein Liedel fein:
Ich bin ein großer Herre,
Die ganze Welt ist mein.

Der Landmann, der mag säen
Und ernten Korn und Lein;
Doch Feldesblühn und -wehen
Zur Maienzeit ist mein.

Die Karner mögen tauschen
Und nutzen Baum und Stein,
Doch Waldesgrün und -rauschen
Und Waldesruh ist mein.

Wie arm sind doch die Reichen,
Vom Herzensfrieden fern,
Oft Knechte sondergleichen
Sind diese hohen Herr'n.

Sie streiten sonder Labe
Mit Schwert um Land und Meer;
Ich zieh' mit meinem Stabe
Erobernd hinterher.

Wie lustig ist das Wandern,
Die Sorgen sind ja klein;
Die schwere Welt ist andern,
Die schöne Welt ist mein.

Und sie gefielen mir beide

Zur Morgenfrüh' hab' ich erlebt
Wohl eine liebe Freude,
Zwei Mägdlein standen am Gartenzaun,
Das eine war blond, das andere braun;
Und sie gefielen mir beide.

Die eine war ernst gegürtet und blaß,
Gehüllt in dunkle Seide,
Die andre leicht geschürzt und bunt,
Mit Veilchenaug' und Rosenmund;
Und sie gefielen mir beide.

Da scholl von der Kirche Glockenklang
Zum Jubel oder zum Leide,
Die eine erglüht und betet leis,
Die andere trillert muntere Weis';
Und sie gefielen mir beide.

Da scherzten zu Paaren in Liebeslust
Die Schäflein auf grüner Weide,
Die eine senkt das Auge mild,
Die andre hüpft und jauchzet wild;
Und sie gefielen mir beide.

Da kam ein Vöglein geflogen herbei,
Sich bergend im nahen Getreide,
Die eine horcht dem fröhlichen Sang,
Die andre hebt den Arm zum Fang;
Und sie gefielen mir beide.

Da neigte ich, bettelnd um einen Kuß,
Mich über des Zaunes Scheide;
Die eine blickte mit strafendem Stolz,
Die andere blinzelte gegen das Holz;
Und sie gefielen mir beide.

Wenn ich durch den Winter geh'

Wenn ich durch den Winter geh',
Denk' ich mir, es gibt auf Erden
Doch nichts Schöneres als den Schnee,
Und er muß zu Wasser werden.

Ruht im Hag die Jungfrau mild,
Denk' ich mir, es gibt auf ERden
Doch nichts Schöneres als dies Bild!
– Und sie muß zum Weibe werden.

Tau ich auf dem Röslein seh',
Tau an ihrem Augenstern.
Tauf' mit Wasser Freud' und Weh,
So gewillt es Gott dem Herrn.

Was du dir denkst . . .

Was du dir denkst, ist längst gedacht,
Was ich dich frag', ist längst gefragt,
Wenn Wange glüht und Auge lacht,
Ist alles, was uns blüht, gesagt.

Oh, sag nicht nein und sag nicht ja,
Wenn ich an deinem Busen ruh',
Zum Plaudern sind wir uns zu nah,
Drum schweig mir deine Liebe zu.

Amor, dieser Wicht

Ich mach' in meinem Leben kein Gedicht mehr an ein
Mädchen,
Das ich nicht darf lieben.
Es ist zu gefährlich, um das Licht zu schwärmen,
Das bestimmt ist, andere zu wärmen.
Wer hatte mich dazu getrieben? –
Wo Auserwählter, war mein liebster Freund,
Und sie des liebsten Freundes Auserwählte.
Und ich? Ich war nebstbei so da, und wie es scheint
Ein wenig lecker auch. Und sieh, da stellte
Der Knirps von einem Amor mir die Falle.
Dem Freund zulieb und seiner Maid zu Ehre
Gedacht ich ein Gedichtchen ihr zu weihn.
Aus Eigennutz war's nicht, denn ich begehre,
So dachte ich, dafür das bißchen Heiligenschein
Des Ruhmes nur. War noch erklecklich eitel
Und meint', mit einem Vers müßt ich beglücken
Ein Mädel von der Zehe bis zum Scheitel,
Und mindestens den Erdball es entrücken.
Gedacht, getan, ich schrieb ihr ein Gedicht
In leichten Jamben. Für eines andern Liebe
Sind Jamben gut genug. Schweres tauget nicht.
Was anders, wenn ich eine Ode schriebe
Im tiefen Seufzertakte eines Romeo!
Dann allerdings schwerschreitende Trochäen.
Doch, was wollt' ich nur sagen? – Ei ja so!
Ich schrieb der Liebsten meines Freunds,
Um mich verbindlich bei ihr einzustellen.
Sie war zu herzig, traun, sie war's wohl wert,
Der holden Muse warm sie zu empfehlen.
Begann zu dichten, wie's ein Herz begehrt,
Beschrieb die zarten Reize, sagte ihr auf Ehre,

Wie ich an ihrem Glücke Anteil nähme,
Und daß als Freund ich gar imstande wäre,
Dergleichen selber – wenn die Stunde käme –
Zu gönnen mir. Doch müßte auch mein Püppchen
So lieblich sein wie sie. Es stünde immer
Mein Sinn nach solchen Wänglein, solchen Grübchen
Und solchen Äuglein auch, wie man sonst nimmer
Sie gesehn auf dieser Welt, als – im Vertrauen
Nur sei's gesagt – an ihr, der Treuen
Meines lieben, einzigen Freundes, sind zu schauen.
Unmöglich, sang ich, wäre zu bereuen
Eine Wahl, wie diese. Ließ es ihr auch merken,
Daß sie, nur sie allein, die Schönste sei der Schönen.
Und es gelang mir, solches zu bestärken,
So gründlich, daß – bevor ich es konnt' wähnen –
Diese kunstvoll hübsch gedrehten Liebesphrasen
Ich selber treulich glaubte. Und bevor
Das Liedchen fertig noch, begann ich schon zu rasen,
Aus purer Leidenschaft, die bis ans Ohr
Mir tückisch heiß tat steigen – –
Was dann geschah!– Ach, laßt mich schweigen. –
Und hast du einen Freund, das lehret die Moral,
So schicke seinem Liebchen nie ein Liedel,
Auch wenn er's selbst erlaubt, wie's hier der Fall,
Sonst gibt es einen Tanz nach seiner Fiedel.
Und hast du weidlich Pfeile zu verschießen,
Ich gratulier' dazu, doch mußt du wissen,
Auf welche Scheibe du mit Recht darfst zielen,
Denn Amor, dieser Wicht, er läßt mit sich nicht spielen.
Wie küßte ich heiß ihren rosigen Mund!
Am Baum ein Vöglein sang.
O Wonne des Herzens, glückselige Stund'!
Wie lang, wie lang – wie lang!
Sie fällten den Baum, und sie bauten den Sarg,
Im Mai, im holden Mai.
Sie schlossen den Schrein, der mein Himmelreich barg.
Vorbei, vorbei, vorbei!

Gedenken

Aller Sonnenschein auf Erden
Ist ein traurig Ding,
Wenn nicht schwebt der Einzigen Schatten
Auf dem Wiesenring.

Könnt' ich einmal noch vernehmen
Ihrer Stimme Klang,
Wollt' ich gerne stumm und taub sein
Auf mein Leben lang.

Alle Rosendüfte, welche
Da den Mai durchziehn,
Gäbe ich für einen Hauch
Ihres Mundes hin.

Alles, was ich noch genieße,
Was ich bin und hab',
Ist nicht wert des blassen Staubs
Auf ihrem Grab.

Ich ahne – ich sehe die herrliche Zeit,
Ich sehe zur Wahrheit die Schönheit sich reihn,
Die Völker in Liebe verschlungen und frei,
Ich sehe die Menschen – Menschen sein!

Mein Erz

Mein deutscher Sang ist euch zu zahm,
Anstatt mein geliebtes Volk zu segnen,
Soll fluchen ich der Feinde stramm,
Dem Nachbar stets mit Trutz begegnen.
Mein Herz ist froh, mein Erz ist rein,
Es dient dem Tod nicht, nur dem Leben;
Wie? Muß denn alles Kanone sein?
Mag's nicht auch klingende Glocken geben?

Die Hand an meiner Rechten

Die Hand an meiner rechten Seiten
Ist lobenswert zu jeder Stunde,
Sie holt das Brot aus allen Weiten
Und führt es zärtlich mir zum Munde.

Und ballt die Linke, Unerzogne,
sich hinterm Rock, wenn Gäste nahen,
So weiß die Rechte, Wohlgepflogne,
Mit edlem Anstand zu empfahen.

Und nahen schlechtgesinnte Mächte,
So greift sie rührig zu den Waffen,
Und weiß mit ritterlichem Rechte
Mir Schutz und Frieden zu verschaffen.

Und weil sie gütig von dem Hehren
Als treue Freundin mir gesendet,
So ist auch in allen Ehren
Der Küsse wert, die man ihr spendet.

Und trotzdem leider ist sie heute
Der Linken weit zurückgeblieben,
Denn dreist hat sie, und nicht gescheute,
Ihr eigenes schales Lob geschrieben.

Wilder Waldespsalm

Ihr Häupter in goldiger Morgenglut,
O blicket aus Himmelshöh' nieder
Zum Sänger, der sinnend im Moose ruht,
Euch feiernd durch harmlose Lieder.
Wie lodert dort oben der Gletscherschein,
Wie flüstert im Schatten die Quelle:
O schenk mir von eurer Herrlichkeit ein,
Bis trunken die sehnende Seele.

Als einst ich verloren die ganze Welt,
Den Glauben, die Hoffnung, die Liebe,
Und als mir die friedlichen Freuden vergällt
Im wüsten Weltgetriebe;
Und als ich mein junges Leben verpraßt,
Weil es ohne Reiz mir und Wert war,
Und als ich den Mann auf der Straße gehaßt,
Weil er wie ich auf der Erd' war.

Da zog ich hinaus wie ein dachloser Hund,
Mich selbst und das Dasein verfluchend,
Da schritt ich verloren, im Waldesgrund
Einen lustigen Baumast mir suchend.
Doch siehe, da war kein Ast mir recht,
Der war mir zu hoch, der zu nieder,
Ein dritter zu gut, ein vierter zu schlecht,
Ein fünfter mir anders zuwider.

Und ein jeder tat so geheimnisvoll
Und flüsterte leis mit dem Nachbar;
Sie machten sich über mich lustig wohl,
Daß ich so elend und schwach war? —
O nein, nur die Welt verspotteten sie

Und schmiedeten eine Verschwörung;
Der Wald und die Welt, die vertragen sich nie,
Ob letzterer tiefen Betörung.

Drum sagten die Bäume: 's wär alles wohl recht,
Die Vorzeit, die Zukunft, das Heute,
Selbst der Himmel ist gut und die Erde nicht schlecht,
Doch die Leute – die argen Leute!
Die Leute, die liegen sich alle im Haar
Und raufen, daß es ein Skandal ist,
Und spielen in Übermut mit der Gefahr
Solange, bis jeder am Fall ist.

Und wenn sie zu Füßen den Abgrund sehn,
Dann schwindeln sie fluchend und taumeln,
Ja, dann erst will mancher zum Walde gehn,
Und – daß er nicht fallen kann – baumeln.
Oh, kämet ihr früher zu uns in den Wald
Mit jugendlich heiteren Sinnen,
Ihr wäret mit »Siebzig« noch immer nicht alt,
Und wüßtet gar zärtlich zu minnen! –

So sagten die Bäume und flüsterten fort,
Erzählten sich sondre Geschichten;
Ich habe verstanden ein jegliches Wort
Und weiß mich danach nun zu richten.
Und kriegt mir die Fröhlichkeit jäh einen Sprung,
So kratze ich Waldharz und leime,
Und sprudle und jauchze und bin wieder jung,
Und schmied' ein paar hinkende Reime.

Erprobter Rat

Magst du wissen, wann du sollst gesellig
Und wann einsam sein?
Willst du Freude, suche Menschen,
Willst du Glück, so bleib mit dir allein.
Wisse, wann dein Werk am schönsten
Und am reinsten mag gedeihn:
In der Arbeit suche Menschen,
Doch im Schaffen bleib mit dir allein.
Wie's auch jeder hält nach seiner Weise,
Lasse eins gesagt dir sein:
Wenn du hassest, meide Menschen,
Wenn du liebst, bleib nicht mir dir allein.

Ein Eselslied

Willst du, Freundchen, doch einmal das hochgelobte Land
erlangen,
Wo es unserm alten Vater Adam einst so wohlergangen,
Darfst du nicht gen Westen ziehn, wo aller Tage Sonnen fallen,
Mußt du, wo sie auferstehen, hin ins Land des Ostens wallen.
darfst du nicht das Dampfroß, nicht das stolze Pferd des Ritters
reiten,
Selbst des Dichters Flügelhengste könnten leicht dich irreleiten.
Nur das Eselein, das arme, das beharrlich voll Geduld
Trägt auf seinem breiten Rücken eignes Kreuz und fremde
Schuld,
Nur das Eselein, das arme, kann ins Paradies dich tragen,
Weißt du, Freund, wie ich das meine, brauch' ich weiter nichts
zu sagen.

Der Büßer

Rosen hasch' ich, Dornen faß ich, kniend dieser Welt zu
Füßen,
Alle Sünden, die ich tue, muß ich auf der Stelle büßen.

Lüg' ich heute, daß nur kleine, enge Stiefelchen mir taugen,
Kommt schon morgen so ein Wichtling, tritt mir auf die
Hühneraugen.

Will ich heute träge träumend unter kühlem Flieder sitzen,
Muß ich morgen voll von Sorgen unter Doppellasten
schwitzen.

Schlürf' ich heute seliges Leben andachtsvoll aus goldnem
Becher,
Teil' ich morgen, ach, den Jammer wilder ausgelass'ner Zecher.

Tu' ich heute einer Schönen froh mein hüpfend Herzlein leihen,
Kommt sie morgen schon, mich mahnend an die Pflichten, sie
zu freien.

Klingen heute Hochzeitsglocken, schallt schon morgen
Grabgebimmel,
Doch ich hoffe, meine Seele kommt vom Mund auf in den
Himmel.

Der Glückliche

Seit vielen Jahren genieß' ich die Welt,
Teils geistig und teils leiblich.
Daß soviel Glück ins Herz mir fliegt,
Ich kann's und kann's nicht finden, wo's liegt,
Es ist ganz unbeschreiblich.

Wir lieben die Lieb', wir nennen die Lieb',
Ob männlich oder weiblich.
Wir fühlen die Seligkeit, fühlen die Pein,
Und wissen nicht ja, und wissen nicht nein,
Es ist ganz unbeschreiblich.

Seit vierzig Jahren sann ich und schrieb
Es war ganz unausbleiblich.
Und als ich geschrieben der vierzig Jahr',
Da stockt' mir das Herz, da seh' ich es klar –
's ist alles unbeschreiblich.

Der unbegreifliche Muskel

In Gluten und Fiebern lag ich dahin,
Der Doktor kam jeden Tag,
Befühlte den Puls und verschrieb mir Chinin,
Behorchte im Busen den Schlag.

Er horchte durchs Röhrchen, er legte das Ohr
Zur Stelle, wo's seltsamlich schlug,
Es zitterte leis, und es wogte so heiß,
Er wurde durchaus nicht klug.

Der Muskel, er hämmert mit bräutlicher Kraft,
Und doch ist's ein Todesringen!
Wie läßt sich nur mit der Wissenschaft
Das Ding in Einklang bringen?

– Und wenn ich dich soll belehren, Freund,
Ich sag' es nicht zum Scherze,
Was dir nur als ein Muskel erscheint:
Das ist – ein Dichterherze!

Es mahnt

Der Wind vom Kirschbaum Blütenblätter streut,
Der Frühling macht's dem Winter nach, es schneit,
So mahnt in Wonnetagen leis das Leid. –
Der Buchenwald in roten Feuern glüht,
Der Spätherbst tut's dem Frühling nach, er blüht,
So weht der Traum von Glück in herber Zeit.

Der Tag, der wird schon spat

Der Tag, der wird schon spat,
Mein Aug', das wird schon matt,
All Menschentreiben ist ein Traum,
Die Herrlichkeit, ich seh' sie kaum.
Mein Aug', das wird schon matt.

Mein Haar, das wird schon grau,
Und welche Zier ich schau,
Ob Lorbeerkranz, ob Dornenkron',
's ist beides wohlverdienter Lohn.
Mein Haar, das wird schon grau.

Mein Herz, das wird schon alt,
Es wird schon hart und kalt,
Es fühlt nicht Nadel, fühlt nicht Speer,
Fühlt eure Bosheit nimmermehr.
Mein Herz, das wird schon kalt.

Wandlung

Ich bin ein sündiger Adam,
Und habe vom Apfel gegessen,
Und über den üppigen Apfelbaum
Des Kreuzes fast vergessen.

Doch als die Früchte fielen,
Die Blätter sacht verschwanden,
Da sind die Äste des Apfelbaums
Als kahles Kreuz gestanden.

Ich bin Mensch geworden . . .

Ich bin ein Mensch geworden in der weiten Welt,
Keiner steht von allen, die da leben,
Keiner über mir, keiner unter mir,
Ich bin jedem beigegeben.

Ich bin frei geworden in der weiten Welt.
Fesseln, die mich an das Leiden banden
Oder an der Freude, an der Hoffnung Trug,
Alle schlug ich sie zuschanden.

Ich bin klug geworden in der weiten Welt,
Legte meine Kräfte und Gebresten
Zu der Menschheit ewigem Kapital — und schwieg,
So fährt sich's am allerbesten.

Volkslied

Es springt ein guldener Bronnen
Aus heißem Herzen auf,
Und spiegelt in der Sonnen
Des Menschen Lebenslauf.

Es steigt ein ewiges Klingen
Zu Gottes Himmel an,
Das Höchste muß man singen,
Weil man's nicht sagen kann.

Kein Adler mag sich heben
So hoch zum Himmelszelt,
Als deine Lust am Leben
Im Jauchzen aufwärts gellt.

So tief legt sich der Müde
Zur letzten kühlen Rast,
Als du dein Leid im Liede
Zur Ruh' gebettet hast.

Davongeflogene Seelen

Ich komme just vom Leichensaal,
Dem schattengrauen, dem kalten.
Dort liegen die Kadaver all,
Die blassen Lehmgestalten,
Die Freund und Bruder ich genannt
Auf langen, fröhlichen Fahrten,
Die sind mir jetzt ganz unbekannt,
Wie Erde aus fremdem Garten.
So wird's im dunkeln Leichenhaus
Ein erstes Mal uns helle:
Die Seele macht den Menschen aus,
Die ewige, heilige Seele. –
Die Nester leer, die Seelen fort
Auf unbekannten Straßen –
Wohin, wohin? Kein Sterbenswort
Sie haben sagen lassen.
Ich starre in der Blumen Glut,
Ich horche der Vöglein Lieder,
Da wehet leis durch Lebensflut
Ein Hauch der Toten wieder.
Und während die Seelen ohne Rast
Ich such' mit bangem Mute
– Sitzen im Herzen sie mir zu Gast
Und trinken von meinem Blute.

Klingende Funken

Immer glühen edle Herzen,
Leidversunken, freudetrunken,
Und selbst schnöde Alltagskerzen
Sprühen manchen Sternenfunken.

Lasset uns mit Ätherstrangen
Glocken an die Sterne hängen,
Damit sie die stillen Feuer
Weitersenden in Gesängen.

Für das, was uns am höchsten steht,
Für das, was uns am nächsten geht,
Ward uns kein Lied zu eigen.
Da hat man nur ein fromm Gebet
Und – Schweigen.

Dem wahren Spaziergänger schlägt keine Uhr,
Ein Glücklicher ist er im Reich der Natur.
Er denkt nicht an Zeit, und er frägt nicht nach Ziel,
Seine Lust ist der Weg – führ' er hin, wo der will.

Ich bin ein Kind
Und bleib' ein Kind,
Weil ich nur so
Den Himmel find'.

Ich hol' mir die Ehren vom Felde!
Sagt der Soldat;
Da gibt es Mord und Brand,
Ich hol' mir die Ähren vom Felde!
Sagt der Bauer;
Da gibt es Lust im Land.

Der Pflug und das Schwert sind feindliche Brüder,
Die Waag' ihrer Siege geht auf und nieder.
Sie hungern nach Brot, sie dürsten nach Ruhm
Und tasten irrend im Kreis herum.
Was ist doch des Feldes Ehrenzeichen?
Sind's goldige Garben? Sind's blutige Leichen?
O möchte die Menschheit sich wählen ganz
Zum Ehrenkranz – den Ährenkranz!

Tut dein Herz dir Gottes kund,
Nimm ihn nicht aus fremdem Mund,
Bau sein Haus auf deinem Grund.

Was ich aus Trutz vollbracht,
Wuchs voll Pracht über Nacht
Und ward – verregnet.
Was ich aus Lieb' gesät,
Keimte stet, reifte spät
Und ist gesegnet.

Der opferfrohen Güte
Gelingt auch kaum viel mehr,
Als daß sie das Gemüte

Nicht öde läßt und leer.
Genießer deiner Labe
Sind selten doch entzückt,
Nur daß gegebne Gabe
Dein eigenes Herz beglückt.

Wähnen ist nichtig.
Wünschen ist wenig.
Wollen ist wichtig.
Können ist König!

Geh kühl vorüber an des Reichtums Stätte.
Der die Welt hat, ist ärmer,
Als der sie – gern hätte.
Traue nicht den trügenden Gaben,
Das Hoffen ist köstlicher als das Haben.

In jedem Haus
Vor allem wert
Drei Dinge sind:
Eine starke Faust,
Ein warmer Herd,
Ein kleines Kind.

Bleibe, o Musensohn, eigen, wie die Natur dich gemacht hat,
Ziehe nicht fort mit dem Weltstrom des täglichen Lebens;
Sonst geht es dir wie dem starken, dem mächtigen Bergfluß:
Sobald er dem Strom sich ergießt, verliert er den Namen!

Nach innen leben,
Nach außen weben,
Nach unten schauen,
Nach oben streben.

Ich sag' dir, armes Vögelein:
Der Liebling dieser Menschen sein
Ist schwerer Fehl, und wird bestraft
Mit lebenslanger Kerkerhaft.

O laßt das Denkmalsetzen gehen,
Bis letztes Wort gesprochen ist.
Ein Bild aus Erz kann erst entstehen,
Wenn das aus Ton zerbrochen ist.

Wie Enten zum Teich, also streben die Völker zum Meere,
Und schwimmen getragenen Halses nach fernstem Geländ'.
Und während sie schnatternd und stolz ihren Mist exportieren,
Zerstören zu Hause die Füchse ihr trauliches Nest.

Wer noch die Menge nicht als Bestie kennt,
Der seh' einmal die blutigen Bahnen,
Die unsere Weltgeschichte trauernd nennt,
Und ihre treuvergess'nen Fahnen;
Den Volksbefreier preist sie jubelnd heut,
Und morgen den Tyrannen.

Zur Bändigung des Pöbels, laßt mal sehen,
Ist höllisch schwer des Teufels zu entraten.
Der Teufel kam auch billiger zu stehen
Als jetzt — die Million Soldaten.

In wichtigen Dingen indifferent,
Um nichtige schweifen und keifen,
Ein solches Geschlecht soll man — mordselement! —
Statt salben und täufen — ersäufen.

Feste feiern, Lieder singen,
Reden halten, Gläser klingen,
Spielen, sporten und flanieren,
Tanzen, flirten und charmieren —
Ist mit solchen guten netten
Dingen unser Volk zu retten?
— Arbeit, Arbeit ohne Ruh',
Taschen auf und Fäuste zu!
Trotzig dem Geschicke stehen,
Oder — feig zugrunde gehen!

O nein, mein Freund, das will ich nicht,
Auf Menschenherzen ziel' ich nicht.
Mit Lust und Leiden spiel ich nicht.
Viel lieber mit dem eitlen Tropf,
Dem aufgeblasenen hohlen Kopf,
Den nehm' ich manchmal gern beim Schopf.

Wenn dich die Leut' verdrießen
Und Unmut dein Herz beschleicht,
So tu ihnen rasch was Gutes,
Dann ist dir wieder leicht.
Wenn du dich selber verdrießest,
Dein Herz ist lahm und wirr,
So wart' auf ein großes Leiden,
Das bringt dich wieder zu dir.

Armut ist kein Unglück,
Reichtum kein Glück;
Armut strebt vorwärts,
Reichtum zurück.

Feinde zu verderben
Ist ein froher Ritt;
Um das Bräutchen werben
Ist ein banger Schritt;
Sterben, sterben, sterben
Ist ein' bittre Freud';
Erben, erben, erben
Ist ein süßes Leid.
Süßes Leid, ich mag dich nicht,
Bittre Freud', ich klag' dich nicht,
Banger Schritt, ich wag' dich nicht,
Mit Menschenbrüdern schlag dich nicht.

Wen stets die Güte und die Freude flieht,
Der wird sich bald gealtert sehen.
Wer seine Stirne oft in Falten zieht,
Dem bleiben sie beizeiten stehen.

Ist dir dein Bett nicht recht,
So kannst du dir's besser richten,
Ist dir die Welt zu schlecht,
So magst du dir eine bessere dichten.

Spiele nicht mit deinem Blute,
Denn es kann die heiße Rute
Blutig rächen sich an dir.
Liebe hat nur eine Straßen,
Die dich sonder Nebengassen
In die bessre Zukunft führt.

Steht einer für alle, stehn alle für einen,
So kann nicht der eine, das Ganze nicht fallen.
Die selbst sich nur lieben, das sind die Gemeinen,
Die Edlen, sie leben und leiden mit allen.

Weisheit macht die Welt erträglich,
Klugheit macht sie uns gefällig,
Dummheit macht sie kläglich,
Einfalt macht sie selig.

Idealismus allein
Ist weder gut noch klug.
Vom Realen das beste
Ist ideal genug.

Ach, die Lyriker sind eigen,
Wenn sie nichts zu sagen finden,
Müssen sie es laut verkünden,
Daß sie – schweigen.

Alles Leben ist ein Wunder,
Alles Totsein ein Geheimnis.
Lebst du ewig, ist ein Weilchen
Grabesschlummer kein Versäumnis.

Ihr spaltet Haare,
Ich kitte Steine,
Wer tut das Wahre
Für die Gemeine?

Geistig Verfeinern
Lähmt alle Stärke,
Trennen, Zerkleinern
Gibt keine Werke.

Jedoch, das Meine
Steht tausend Jahre,
Ich kitte Steine,
Ihr spaltet Haare.

Ihr meßt mich mit den Kleinen,
Da besteh' ich.
Ich meß mich mit den Großen,
Da vergeh' ich.
Aus der Tiefe aufgeschwungen,
Doch die Höhe nicht errungen,
Soviel seh' ich.

Seit auf dem Sarg ich des redlichen Schusters
Den Lorbeer gesehen,
Flüstert jeglicher Lorbeerkranz,
Den sie mir spenden:
Freund, du hast – Stiefel geschrieben!

Manches Genie
Ist vernünftig nie,
Immer Genie.
In Arbeitsbeschwerden
Ruft's ach und weh aus,
Fühlt sich fremd auf Erden
Und daheim – im Kaffeehaus.

Der Dichter und die Leute

Wir säen Samen,
Es wachst nix.
Wir schreiben Dramen,
Es wirkt nix.
Wir erzählen Geschichten,
Es tut nix.
Wir dichten Gedichten,
Es hilft nix.
Wir sprechen Sprüche,
Es nutzt nix.
Wir fluchen Flüche,
Es schad't nix.

Unterricht für moderne Poeten

Dichter, wenn du für die Leute
Dichten willst, so sei gescheute,
Baue, sollst du etwas gelten,
Ihnen pappendeckne Welten,
Helden, die mit Spagatschnüren
Hübsch sind durch den Plan zu führen.
Dichte Gärten, wo die Grillen
Statt zu zirpen Flöten spielen.
Und zur schönen Augenweide
Dichte Rosen fein aus Seide,
Daß sie duften, Herr Verfasser,
Dichte Tau aus Kölnerwasser.
Mit Magie und Zauberstücken
Magst du ihren Kopf berücken.
Eins nur, laß die Leute schauen
Nie in deines Herzens Auen.
Deines Gartens schönste Blüte,
Holde Rosen im Gemüte
Würden sie auf Graswert messen
Und mit plumpen Schnauzen fressen.

Dem Dichter

Mein Sänger, laß den Widerpart
Und sing' ein lustig Liedel,
Und lade sie zur Himmelfahrt
Mit einer hellen Fiedel.

Es ruft den einen zwar der Herr
Mit dumpfem Donnerkrachen,
Den andern lockt er noch vielmehr
Mit heiterem Sonnenlachen.

Der eine folgt den Elegie'n,
Der andre frohen Stanzen;
Man kann wohl in den Himmel knien,
Man kann auch hinein tanzen.

Ewiges Sein

»Wer soll sich nicht heute
Noch freuen des Lichts?
Wir sinken schon morgen
Ins ewige Nichts.«

Hat je sich der Galgenfrist
Einer gefreut,
Der unwendbar morgen
Dem Henker geweiht?

Die Freude an heute
Hat nur einen Wert,
Wenn ewig und ewig
Sie uns wiederkehrt.

Im Hasten des Tags
Wird das Herze bald matt,
Des inneren Glücks
Wirst du nimmermehr satt.

Der Richtige freut sich
Am flüchtigen Schein,
Das Echte an dir
Verlangt ewiges Sein.

Auch der andre, der bist du

Was die Erde mir geliehen,
Fordert sie schon jetzt zurück.
Naht sich, mir vom Leib zu ziehen
Sanft entwindend Stück für Stück.
Um so mehr, als ich gelitten,
Um so schöner ward die Welt.
Seltsam, daß, was ich erstritten,
Sachte aus der Hand mir fällt. –
Um so leichter, als ich werde,
Um so schwerer trag' ich mich.
Kannst du mich, du feuchte Erde,
Nicht entbehren? frag' ich dich. –
»Nein, ich kann dich nicht entbehren,
Muß aus dir ein' andern bauen,
Muß mit dir ein' andern nähren,
Soll sich auch die Welt anschauen.
Doch getröste dich in Ruh'.
Auch der andre, der bist du.«

Wollte heim in meine Berge

Wollte heim in meine Berge,
Um den Frieden zu umfassen,
Den ich weltlusttrunken einst im
Grünen Wald zurückgelassen.

Gab ihn damals einem Vöglein
In Verwahrung, bis ich käme,
Und den süßen Jugendfrieden
Wieder an den Busen nähme.

Hab' mit meinem heißen Herzen
Ruhlos nun den Wald durchzogen.
Doch das liebe muntre Vöglein
Ist derweil davongeflogen.

Ein Freund ging nach Amerika

Ein Freund ging nach Amerika
Und schrieb mir vor einigen Lenzen:
Schicke mir Rosen aus Steiermark,
Ich hab' eine Braut zu bekränzen!

Und als vergangen war ein Jahr,
Da kam ein Brieflein gelaufen:
Schicke mir Wasser aus Steiermark,
Ich habe ein Kindlein zu taufen!

Und wieder ein Jahr, da wollte der Freund,
Ach, noch was anderes haben:
Schicke mir Erde aus Steiermark,
Muß Weib und Kind begraben!

Und so ersehnte der arme Mann
Auf fernsten, fremden Wegen
Für höchste Freud', für tiefstes Leid
Des Heimatlandes Segen.

Daheim!

Was dies Leben mir beschieden,
Es war gut, ich bin's zufrieden.
Könnt' ich eines noch erwerben:
Nur daheim, daheim zu sterben.
Nicht auf fernen Wanderswegen
Möcht' ich mich zur Ruhe legen,
Nirgends auf der ganzen Erde,
Als daheim am eignen Herde.
Vor des Todes dunklen Schrecken
Wollt' ich nimmer mich verstecken
Wenn aus Augen schmerzbefeuchtet
Liebe mir zu Bette leuchtet,
Wenn die Meinen mich umgehen,
Atmend mein entschwindend Leben,
Und aus gottergebnem Sterben
Meines Herzens Frieden erben.

Wanderlied

Mein Leib ist schon dem Tod geweiht,
Die Seele noch voll Lebensfreud'.
Mein Sterben ist ein Wandern
Eine Reis' im Kreis, von Stern zu Stern,
Von euch zu euch, vom Herrn zum Herrn,
Von einem Himmel zum andern.

Auf dem Wege zum Licht

Auf dem Wege zum Licht lasset keinen zurück.
Führt jeden mit euch, der vergessen vom Glück.
Dem die Ampel verlosch, dem die Glut nie gebrannt,
Das Kind, das den leitenden Stern nie gekannt,
Sie taumeln in Nacht und Verlassenheit. –
Ihr begnadeten Pilger der Ewigkeit,
Führt alle mit euch in Liebe und Pflicht.
Lasset keinen zurück auf dem Wege zum Licht!

Ich bereue nichts

»Ich bereue nicht die Sünden, die ich je begangen,
Ich bereue nur die Sünden, die nicht begangen.«
Wohl, der Weltmann spricht's.

Ich bereue nicht die Sünden, die ich je begangen,
Ich bereue nicht die Sünden, die ich nicht begangen.
Ich bereue nichts.

Nur das Muß ist Herr, doch lahme Reue kündet,
Daß man aus freiem Willen hat gesündet.
Ich bereue nichts.

Ein Nachklang

Noch einmal reden von der großen Liebe,
Wie einst im Mai,
Von Seelenweh und wildem Sinnentriebe
Gar mancherlei.

Mit Lieb und Lust begann ich einst zu dichten
Im jungen Jahr.
In Lieb' und Fried' beschließ' ich die Geschichten
Mit grauem Haar.

Was ich mein Tag geschrieben und getrieben,
Muß einmal enden.
Es war – deucht mich – ein fünfzigjährig Lieben
In fünfzig Bänden.

Mein Herz ist ruhig jetzt, doch wer kann's wissen,
Ob es gefeit.
Und sollt' ich dennoch wieder dichten müssen,
Nun so verzeiht.

Noch klingt Erlebtes nach aus alten Tagen,
Und manch Gedicht;
Ob sie das Blitzlicht künftiger Zeit vertragen,
Ich weiß es nicht.

Ich rate schier, sie keimen, träumen, ruhen
In trauter Gruft,
Und stehn nur auf aus nicht verschloßnen Truhen,
Wenn man sie ruft.

Lieferbare Werke Peter Roseggers

Die Älpler, 270 Seiten, Ln.
Als ich noch der Waldbauernbub war, 256 Seiten, Ln.
Das ewige Licht, 300 Seiten, Ln.
Die Försterbuben, 208 Seiten, Ln.
Die Schriften des Waldschulmeisters, 294 Seiten, Ln.
Erdsegen, 256 Seiten, Ln.
Heidepeters Gabriel, 234 Seiten, Ln.
Jakob der Letzte, 226 Seiten, Ln.
Mein Weltleben, 248 Seiten, Ln.
Volksleben in Steiermark – Das Haus, 189 Seiten, Ln.
Volksleben in Steiermark – Das Jahr, 266 Seiten, Ln.
Waldheimat, 508 Seiten, Ln.
Wanderungen in der Waldheimat, 240 Seiten, Ln.
Das Buch von den Kleinen, 240 Seiten, Ln.
Das große Peter Rosegger Hausbuch mit vielen Geschichten, Erzählungen, Gedichten, Fotos und Illustrationen, 448 Seiten, Ln.
Als ich zum Pfluge kam, 254 Seiten, Ln.
Mein Himmelreich, 144 Seiten, Ln.
Abelsberger Chronik, 240 Seiten, Ln.
Novellen I, 240 Seiten, Ln.
Novellen II, 240 Seiten, Ln.
Novellen III, 240 Seiten, Ln.
Der Gottsucher, 384 Seiten, Ln.
Der Schelm aus den Alpen, 240 Seiten, Ln.
Weihnachtsgeschichten, 176 Seiten
Tiergeschichten, 176 Seiten
Schmunzelgeschichten, 176 Seiten
Vom Frieden des Herzens, 176 Seiten

Weitere Neuauflagen in Vorbereitung

L. STAACKMANN VERLAG KG · MÜNCHEN
ÖSTERREICHISCHER AGRARVERLAG · WIEN